Hermann Gutmann

Weihnachtsgeschichten

W0173507

EDITION TEMMEN

Bibliografische Information Der Deutschen Bibliothek

Die Deutsche Bibliothek verzeichnet diese Publikation in der
Deutschen Nationalbibliografie; detaillierte bibliografische Daten
sind im Internet über http://dnb.ddb.de abrufbar

ISBN 3-86108-168-7

3. Auflage 2004

© 2002 EDITION TEMMEN
28209 Bremen – Hohenlohestr. 21
Tel. 0421-34843-0 – Fax 0421-348094
info@edition-temmen.de
www.edition-temmen.de

Alle Rechte vorbehalten
Herstellung: EDITION TEMMEN

ISBN 3-86108-168-7

Inhalt

Besinnliche Zeit

Mindestens einmal im Jahr möchte jedermann eine besinnliche Stunde im trauten Familienkreise verleben. Und dafür ist die Adventszeit besonders gut geeignet – mit ihrer schrecklichen Hektik und mit den Menschen, die wie verrückt durch die Straßen rennen, weil sie das Wort Advent offenbar wörtlich nehmen.

Advent kommt aus dem Lateinischen: adventus – die Ankunft.

Jeder hat offenbar Angst, dass er nicht rechtzeitig ankommen wird, nur: Er weiß nicht, wo er ankommen soll. Nur so ist das Gerenne zu verstehen.

Und wie glücklich ist da unsereiner, der sich von all dieser Aufregung in keiner Weise beeindrukken lässt.

Ich sage also zu meiner Frau: »Zünde doch mal eine Kerze an!«

Und meine Frau sagt: »Du, mir fällt ein, dass wir keine Streichhölzer im Hause haben. Hast du noch welche?«

»Nee«, antworte ich, füge aber hinzu: »Da müssen doch noch welche sein!«

Ich guck in die Schublade, wo die Gummibänder liegen, das Weihnachtspapier vom vorigen Jahr, das Heftpflaster und die Blumen von der Schießbude auf dem Freimarkt.

Es sind wirklich keine da.

Und damit geht die Sucherei nach Streichhölzern los.

»Hattest du nicht welche in der Reisetasche?«, fragt mich meine Frau. Und nach einigem Überlegen: »Guck doch mal auf deinem Schreibtisch nach, wenn du in der Lage bist, in dem Gewühl etwas zu finden.«

Sie überlegt. »Ich meine«, sagt sie, »ich hätte neulich Streichhölzer im Schrank zwischen deiner Unterwäsche gesehen.«

Auf diese Weise vergeht eine halbe Stunde, die eigentlich hätte still sein sollen, mit hastiger Sucherei.

Und es wäre ja noch schöner, wenn sich nicht am Ende doch noch ein paar Streichhölzer fänden. Mehr durch Zufall allerdings, denn normalerweise trage ich Streichhölzer nie in der Hosentasche bei mir.

Na, nun können wir endlich die Kerze anzünden und es uns gemütlich machen. Ich tu' das auch, indem ich die Beine übereinander schlage.

Da sagt meine Frau: »Wipp' nicht so mit dem Fuß!«

»Wieso?«, frage ich.

Sie sagt: »Das tust du immer, wenn du es dir gemütlich machen willst. Außerdem zischst du bei der Gelegenheit stets ein Lied zwischen den Zähnen. Das merkst du schon gar nicht mehr. Du hast eben«, sagt sie, »›Süßer die Glocken nie klingen‹ gezischt und dabei mit dem Fuß gewippt. Kannst du dir vorstellen, dass einem davon ganz schwindelig wird, wenn man das dauernd ansehen muss?«

Ich stelle meinen Fuß ruhig und das Zischen ein. Ich mache ein besinnliches Gesicht.

Da fragt mich meine Frau, ob ich mir schon Gedanken über die vielen Weihnachtsgeschenke gemacht habe, die wir noch besorgen müssen.

Natürlich habe ich mir bisher überhaupt keine Gedanken gemacht, und meine Frau sagt, das sei wieder typisch.

»Hol mal einen Zettel«, sagt sie. »Damit wir aufschreiben können, wen wir beschenken müssen, und was das alles kostet.«

Ich hole einen Zettel, vergesse aber den Kugelschreiber und muss infolgedessen noch einmal los.

»Wo liegt der Kugelschreiber?«, frage ich meine Frau, und da halte ich ihn auch schon in der Hand. Ich setz mich besinnlich an den Tisch, fange an zu schreiben, und da ist der Kugelschreiber leer.

Für einen Augenblick kommt mir die Galle hoch. Ich knall' den Kugelschreiber auf den Fußboden. Und meine Frau sagt, sie versteht meine Aggressivität überhaupt nicht.

»Was hat dir«, fragt sie, »der Kugelschreiber getan, dass du ihn auf den Fußboden wirfst?«

Und wie das so ist. Ein Wort gibt das andere. Ich greife wutentbrannt nach einer Zeitung, gehe dahinter in Deckung und habe dabei leider nicht an die brennende Kerze gedacht.

Nachdem wir das Feuer schließlich gelöscht hatten, ist es dann doch noch ein besinnlicher Nachmittag geworden.

Adventsfeier

Ingrid rief an. Sie erzählte mir, dass ihr so gar nicht nach Weihnachten zumute sei. Selbst Klaus hätte noch kein einziges Weihnachtslied gesungen, obwohl er es damit sonst immer schietendrock hätte. Und bis jetzt hätte sie es noch nicht einmal geschafft, einen Adventskranz zu besorgen

Sie sagte, sie verstände das gar nicht, weil man sich doch in dieser lauten Welt das ganze Jahr über auf die Adventszeit freuen sollte – auf die stillen Stunden mit Kerzenschein und Punsch. Sie wollte wissen, was ich davon hielte.

Ich war etwas irritiert, als Ingrid mit Weihnachtsstimmung und Advent anfing. Denn daran hatte ich selbst auch noch gar nicht gedacht.

Beinahe hätte ich sie gefragt, warum sie denn in diesem Jahr die Zeit nicht abwarten könne – es sei ja man eben erst Herbst.

Just dabei guckte ich auf den Kalender. Da stand, dass am Sonntag der dritte Advent sei.

Ich weiß noch, früher hatten wir um diese Zeit immer einen Adventskalender an der Wand hängen. Den hielt ich gegen das Licht und konnte die Bilder hinter den Türchen erkennen.

Meine Frau schüttelte dann immer den Kopf und meinte, ich sei ein Ekel, der sich die Vorfreude verderbe.

Sie selbst aber, wenn ich nicht zu Hause war, stellte die Wohnung auf den Kopf, um die von mir versteckten Geschenke zu finden.

Seit einiger Zeit aber vergehen die Jahre sehr schnell, so dass man gar nicht mehr Schritt halten kann. Und ehe man den 1. Advent richtig wahrgenommen hat, sind die vier Dezemberwochen abgelaufen. Eines Morgens kommt man auf die Straße, und der Nachbar ruft: »Frohes neues Jahr!«

Das erinnert mich an einen Manager. Dessen Frau hat mir einmal erzählt, sie habe ihrem Mann im vorigen Jahr Anfang Dezember vorgeschlagen, mit ihr zusammen während der Adventszeit schön essen zu gehen. Sie fragte ihn: »Wann hast du denn mal Zeit?«

Da zog der Kerl seinen Terminkalender aus der Tasche, blätterte und blätterte. Schließlich starrte er verblüfft auf den Monat Dezember und sagte dann mit belegter Stimme: »Stell dir vor, am 24. habe ich noch keinen einzigen Termin. Wenn nichts dazwischenkommt, könnte es mit dem Essen klappen.«

Daraufhin hat die Frau des Managers drei Wochen nicht mit ihrem Mann gesprochen, worüber der sehr verwundert war.

Aber denken Sie, am 24. Dezember ist er tatsächlich zu Hause gewesen. Er hatte niemanden gefunden, der an diesem Tag mit ihm konferieren wollte.

So haben sich der Manager und seine Frau wieder miteinander vertragen. Unter dem Tannenbaum, was sehr besinnlich war, weil sie sich dort vor vielen, vielen Jahren verlobt hatten.

Was aber die Hast betrifft, mit der wir hinter der Zeit herlaufen und gar nicht mehr nach links und rechts gucken – ich will Ihnen mal was sagen: Ich mach das nicht mehr mit!

Irgendwann in der Adventszeit wird eine Kerze angezündet. Es gibt Kaffee und ein Stück Klaben mit dick Butter drauf. Und wie ich uns kenne, meine Frau und mich, werden wir ganz fassungslos vor unserem Kaffee sitzen und überlegen, warum das bei uns plötzlich so weihnachtlich ist.

Advent

Advent!

Und alle guten Vorsätze sind mal wieder im Eimer.

Was habe ich im vorigen Jahr zu meiner Frau gesagt? Du, habe ich gesagt, im nächsten Jahr lassen wir uns in der Adventszeit durch nichts stören. Da machen wir es uns gemütlich. Mit Kerzenlicht, ein bisschen Grün und mit selbst gebackenem braunem Kuchen. Ich braue uns einen Glühwein, und wenn du willst, kann ich meine alte Blockflöte aus der Kommode holen und »Süßer die Glocken nie klingen« spielen.

Meine Frau meinte aber, das mit der Blockflöte sollte ich lieber lassen. Aber die Sache mit dem Glühwein wäre eine gute Idee. Im Übrigen sei es ja wohl auch der Sinn der Adventszeit, in sich zu gehen und sich auf das Weihnachtsfest vorzubereiten.

Das war haargenau das, was ich auch sagen wollte. Denn ich hatte mich im Konversationslexikon gebildet. Dabei hatte ich zum Beispiel erfahren, dass die Adventszeit die Vorbereitungszeit ist auf das Fest der Geburt Christi am 25. Dezember – und zwar seit etwa 1600 Jahren. Und nachdem Papst Gregor der Große im 11. Jahrhundert den Adventsbrauch nachdrücklich gefördert hatte, wurde er im Jahre 1570 zur Vorschrift. Alle ordentlichen Christenmenschen sind seitdem gehalten, sich in Würde und mit allen Zeichen der Buße durch die Adventszeit zu bewegen.

Bedauerlicherweise gehört es zu den besonderen Fähigkeiten der Menschen, andere Leute von friedlichem Tun und bußfertigen Gedanken durch allerlei Unsinn abzulenken. Und wenn solch ein Unsinn erst einmal zum alten Brauch geworden ist, dann kriegt man ihn nicht mehr weg.

In manchen Gegenden Deutschlands ziehen besonders Befähigte in der Adventszeit mit einem derartigen Krach durch die Straßen, dass den Leuten in ihren Häusern alles Friedfertige so richtig abhanden kommt.

Andernorts klopfen Leute mit dem Gemüt von Nilpferden mitten in der Nacht an fremde Haustüren. Und wenn ich an den Adventssonntagen auf der Terrasse meines Hauses auf meinem cloppenburgischen Adventshorn blase, dann fahren meine Nachbarn zusammen und sagen: »Nun geht das wieder los!« Sie kennen den cloppenburgischen Brauch nicht, denn sie wohnen im Bremischen, wo man das Adventsblasen nicht kennt.

Stattdessen gibt es im Bremischen, wie überall in der christlichen Welt, den Brauch, dass der Einzelhandel die Menschen immerzu mit eindringlichen Appellen erschreckt. Sie sollen daran erinnert werden, dass bald Weihnachten ist und sie noch nicht alle Geschenke gekauft haben. Und selbst wenn sie meinen, dass sie doch alle Geschenke gekauft haben, dann sind es jedenfalls nicht genug.

Dieser Brauch macht mich ganz vogelig. Denn ob Sie es glauben oder nicht, das ganze Jahr über gelingt es mir, ein besinnlicher und ruhiger Mensch zu sein. In der Adventszeit aber stehe ich unter einem fast unerträglichen Dauerstress, weil ich nie weiß, was ich meiner Frau schenken soll.

»Was wünschst du dir eigentlich zu Weihnachten?«, frage ich sie.

Sie antwortet: »Das müsstest du doch wissen.«

Doch ich habe nicht die leiseste Ahnung, gerate in eine Panik, auf deren Höhepunkt ich mich an dem allgemeinen Volkslauf durch die Einkaufsstraßen beteilige. Ich renne wie verrückt von einem Schaufenster zum anderen und stürze blindlings in unzählige Läden, in denen ich aber nichts finde, weil ich auch gar nicht weiß, was ich suche.

Diese Art Stress ist für mich zum Wesen der Adventszeit geworden.

Ich komme überhaupt nicht dazu, mich ruhig hinzusetzen und auf Weihnachten zu besinnen.

Mit selbst gebackenem braunen Kuchen und Glühwein wird es auch in diesem Jahr wieder nichts werden.

Meine Frau sagt, sie wäre erst wieder froh, wenn der ganze Rummel vorbei ist.

Sie stutzt, guckt mich an und fragt: »Warum machen wir den Rummel eigentlich mit?«

»Weil ...«, sage ich. »Mensch, das weiß ich doch auch nicht!«

Weihnachtsbaum abzugeben

Wenn Sie einen schönen Weihnachtsbaum haben wollen – bei uns steht einer im Garten.

Der ist ganz gerade gewachsen, und Sie würden meiner Frau und mir einen großen Gefallen tun, wenn Sie sich den abholten – vorausgesetzt natürlich, Sie haben noch keinen.

Wissen Sie, wir wollen ihn los sein. Er verdunkelt mittlerweile unser ganzes Haus.

Der Baum, ach ja, das sollte ich Ihnen sagen, ist ungefähr dreieinhalb Meter hoch. Aber da kann man ja oben und unten was absägen.

Also, wenn Sie ihn haben wollen – jederzeit. Wir machen Ihnen auch einen günstigen Preis, und Sie sind das Problem los, sich in allerletzter Minute einen Weihnachtsbaum bei einem Händler kaufen zu müssen.

Gucken Sie uns an. Wir haben auch noch keinen Baum – also, außer dem im Garten.

Doch den in unserem Garten wollen wir nicht, weil ... na ja, den gucken wir jeden Tag an, sogar im Sommer. Dann hat man doch keine Lust mehr, sich so ein Ding Weihnachten in die Stube zu stellen.

»Also«, fragt meine Frau, »jetzt wird's Zeit. Wann gehen wir los, um uns einen Baum zu kaufen?«

Und ich frage zurück: »Wieso wir? Darf ich denn mit?«

»Einer muss den Baum ja tragen«, sagt meine Frau.

»Dann kann ich doch auch allein gehen!«, gebe ich zu bedenken.

»Das fehlte noch« sagt meine Frau, und so hatte ich mir das auch gedacht. Denn ich darf seit vielen Jahren schon nicht mehr allein los, weil es mir nie gelingt, einen Baum zu kaufen, der den hohen Ansprüchen meiner Frau genügt.

Das fing schon bei der Höhe des Baumes an. Nie hatte er die gewünschte Höhe. Entweder war er zu klein, dann fragte mich meine Frau, warum ich denn eine Topfblume gekauft hatte. Oder er war zu groß und passte nicht in die Stube.

Und dann die Sache mit dem Wuchs.

Wie die Bäume, die ich gekauft hatte, gewachsen waren – das führte stets zu Krisensitzungen in der Familie.

»Hast du denn nicht gesehen, dass der Baum schief ist?«, wurde ich in einem strengen Verhör befragt.

Ja, und dann sah ich das auch, dass der Baum genau in der Mitte einen Knick hatte oder dass die Spitze schief war oder doppelt. Beim Kaufen waren die immer ganz gerade und gut gewachsen.

Ganz schlimm war es aber, wenn der Baum ausgerechnet dort kahl wie eine Glatze war, wo sich meine Frau ganz dringend Zweige gewünscht hatte.

Jahr für Jahr, wenn ich mit meinem Weihnachtsbaum nach Hause kam, äußerte meine Frau den Verdacht, die Weihnachtsbaumverkäufer hätten eigens auf mich gewartet, um mir – unter dem Hinweis auf meinen guten Geschmack – den kümmerlichsten Baum anzudrehen und mir dafür auch noch den vollen Preis abzunehmen.

Endgültig verscherzt hatte ich es mit meiner Frau, als ich vor ein paar Jahren mit einem wunderschönen Baum nach Hause kam.

Ich rief meiner Frau schon von der Haustür aus zu: »Da wirst du aber staunen, denn so einen Baum haben wir noch nie gehabt.«

Ich stellte ihn mit einem Ruck mitten in die Stube – da rieselten seine Nadeln zu Boden.

Weihnachtsgeschenke

Sokrates hat einmal – tief zufrieden mit sich selbst – gesagt: »Wie vieles gibt es doch, was ich nicht nötig habe!«

Vermutlich sind ihm diese Worte über die Lippen gekommen bei einem Gang durch die weihnachtlich geschmückten Straßen Athens und beim Betrachten der Auslagen in den festlich dekorierten Schaufenstern.

Aber wir dürfen ja nicht vergessen, dass Sokrates vor 2400 Jahren gelebt hat.

Erstens gab es damals Weihnachten noch gar nicht, und zweitens ist das schon sehr lange her.

Sokrates ist für uns ein alter Mann, und alte Männer reden manchmal ganz merkwürdige Sachen – sagt meine Frau, wenn ich ihr etwas erzähle. Dabei möchte ich aber noch hinzufügen, dass ich zeitlich und geistig von Sokrates Welten entfernt bin. Auch meine Frau hat nichts – der Himmel ist mein Zeuge – mit der Frau des Philosophen, die Xanthippe hieß, zu tun.

Ich weiß natürlich nicht, was Sokrates im Einzelnen für überflüssig gehalten hat. Aber die Weihnachtsmänner, die man aufziehen muss, damit sie auf der Tischplatte spazieren gehen können, die kann er nicht gemeint haben. Die sind ja nun wirklich sehr wichtig, weil wir damit in der nächsten Woche, wenn die ganze Familie zum Adventstreffen zusammenkommt, einschließlich Onkel Paul, ein Wettrennen veranstalten wollen. Wer gewinnt, darf den Weihnachtsmann behalten. Ich meine, das sind doch vorweihnachtliche Freuden, auf die man wirklich nicht verzichten kann!

Anders ist es mit den Geschenken zu Weihnachten.

Meine Frau hat gleich zu Anfang der Adventszeit gesagt: »Also wir, nicht wahr, wir schenken einander dieses Jahr nichts zu Weihnachten.«

Im Grunde ist das ja auch ganz vernünftig.

Denn wenn ich, zum Beispiel, eine Unterhose brauche, dann kann ich nicht darauf warten, dass mir meine Frau eine Unterhose zu Weihnachten schenkt. Unterhosen kaufe ich mir bei Bedarf selbst. Das kann unter Umständen im August sein.

Meine Frau sagt, sie fände es sowieso langweilig, in jedem Jahr unter dem Weihnachtsbaum eine Flasche Kölnisch-Wasser auszupacken. Sie sagt: »Es muss einem doch auch einmal etwas anderes einfallen als immerzu nur Kölnisch-Wasser.«

Das gebe ich zu. Aber – was?

Also, in diesem Jahr schenken wir einander nichts.

Es wird eine sehr geruhsame Vorweihnachtszeit werden – ohne Stress, ohne ziel- und hilfloses Gerenne durch die vollen Geschäfte.

Aber ich weiß schon, wie das ausgehen wird.

Drei Tage vor Weihnachten wird meine Frau unruhig werden. Sie sagt mit geheimnisvoller Stimme, sie müsse noch mal eben in die Stadt.

»Ich komme gleich wieder«, sagt sie und ist weg.

Und dann – ich aber!

Rein in meine Schuhe, Mantel an und Mütze auf – und los!

Und dann fängt die Sucherei an.

Am Ende stehe ich Heiligabend unter dem Weihnachtsbaum mit – einer Flasche Kölnisch-Wasser.

Frauen haben es gut

Frauen haben es gut! Die wissen immer, was sie ihren Männern zu Weihnachten schenken werden. Die gehen ins nächste Kaufhaus oder zum Herrenausstatter, kaufen Oberhemd, Krawatte und Socken, und sie lassen die Pakete dann irgendwo in der Wohnung liegen. Der Alte sieht's ja doch nicht. Der sieht nie irgendetwas.

Ein Mann dagegen ist schlimm dran. Abgesehen davon, dass ihm absolut nichts einfällt, was er seiner Frau schenken könnte, hat er hinterher, wenn ihm endlich etwas eingefallen ist, das Problem, ein geeignetes Versteck zu finden.

Frauen sind ja so schrecklich neugierig und können obendrein dumme Fragen stellen.

»Warum«, fragt meine Frau zum Beispiel, »schließt du neuerdings deinen Schreibtisch ab?«

Oder: »Wem gehört eigentlich die braune Handtasche hinter Goethes Werken?«

Das ganze Jahr über werden Goethes Werke nicht beachtet. Doch kurz vor Weihnachten erinnert sich meine Frau an den allgemeinen Bildungsnotstand und möchte wissen, wann Goethe in Italien gewesen ist und ob ihm am 2. Mai 1787 in Catania die Henne in Reis geschmeckt hat. Sie hat ihm nicht geschmeckt. Es war zu viel Safran daran.

Die Geschichte mit der Handtasche hinter Goethes Werken ereignete sich im vorigen Jahr.

In diesem Jahr hat sich die Frage nach einem Versteck bisher gar nicht gestellt, weil es nichts zu verstecken gibt.

Es ist zum Verzweifeln, und ich frage mich manchmal, wie unsere Vorfahren mit diesem Problem fertig geworden sind.

Was haben die Frauen vor hundert oder zweihundert Jahren von ihren Männern zu Weihnachten geschenkt bekommen?

Eine Antwort darauf habe ich in alten Zeitungen gefunden.

Da bot kurz vor Weihnachten des Jahres 1796 ein gewisser Conrad Johann Meier auf der Faulenstraße in Bremen im ehemaligen Haus der Jungfer Holdorf englische halbseidene Damenstrümpfe an und gestickte Mützen. Außerdem schwarze seidene Tücher. An der Tiefer waren gestickte Damenröcke abzugeben. Und Meister Timm offerierte einen Damenpelz.

Bei Schlichthorst konnte man ein Jahrbuch der Freude für 1797 kaufen und einen Königlich Großbritannischen historischen Kalender.

Also, wenn ich damit zu meiner Frau käme, wüsste die gar nicht, was sie dazu sagen sollte.

Im Jahre 1905 wurde Steckenpferd-Lilienmilch-Seife zum Zwecke des Erwerbs einer zarten, weißen und samtweichen Haut angeboten. Oder der Apparat Fix-Fix der modernen Toilettenkunst. Fragen Sie mich aber bloß nicht, um was es dabei ging.

Und bei Gustav Lehmann gab's Korsetts in Weihnachtspackung. Die Damen, so unterrichtete Gustav Lehmann den in stiller Verzweiflung hinter seiner Zeitung hockenden Herrn, leben täglich durchschnittlich mehr als zwölf Stunden im Korsett. Sie sollten deshalb nur das Beste und Bequemste tragen.

Unter solchen Umständen ist wohl davon auszugehen, dass es unsere Vorfahren auch nicht leichter hatten.

Welcher anständige Familienvater hätte wohl vor hundert Jahren gewagt, zu Gustav Lehmann zu gehen und zu sagen: »Packen Sie mir mal ein Korsett ein. Aber vom Besten!«

Heute hätten wir keine Bedenken mehr, Korsetts zu kaufen. Aber – für wen?

Wie die Dinge so liegen, werde ich meiner Frau Taschentücher schenken. Taschentücher kann man immer gebrauchen. Gut, Handtaschen kann man auch immer gebrauchen. Aber Handtaschen habe ich in den vergangenen zehn Jahren geschenkt. Sie sind alle noch wie neu.

Die Taschentücher werde ich diesmal nicht hinter Goethe verstecken, sondern hinter Kästner. An Kästner geht meine Frau vor Weihnachten nicht ran.

Aber ich weiß schon, was passiert. Ich werde mir bis Weihnachten nicht mehr unbefangen die Nase putzen können.

Etwas zum Duften

»Also, an was haben Sie denn gedacht?«, fragte mich die junge Verkäuferin in der Parfümerie.

Ich stand da und druckste. Genau genommen hatte ich den Laden ohne feste Vorstellungen betreten, und zu allem Überfluss fiel mir ein, dass ich versäumt hatte, mich im Fremdwörterduden über die richtige Aussprache zu informieren.

Sagt man Parfüm? Oder sagt man Parföng?

Die junge Dame hätte mir darauf wohl eine Antwort geben können. Aber hätten Sie die junge Dame so direkt fragen mögen? Ich nicht.

Endlich sagte ich: »Ich möchte eigentlich ..., wissen Sie, irgendetwas zum Duften.«

Die junge Verkäuferin, die recht hübsch war, was mir bei dieser Gelegenheit auffiel, nickte verständnisvoll. So ähnlich, meinte sie, habe sie sich das vorgestellt.

»Süßlich oder herb«, fragte sie, und ich stand, wie Sie sich vorstellen können, vor einem weiteren Problem. Denn was sollte ich darauf antworten? In einer Parfümerie?

In einem Weinladen hätte mir das keine Schwierigkeiten bereitet. Da hätte ich gesagt: »Herb!« Und die Sache wäre in Ordnung gewesen.

Ich gab der jungen Dame zu verstehen, dass ich, wenn ich ehrlich sein sollte, nicht an etwas zu trinken gedacht hatte. Ich fügte zur Erläuterung der Situation hinzu: »Es ist für meine Frau. Es soll ein Weihnachtsgeschenk sein.«

Die junge Dame nickte wieder und erklärte mir sehr geduldig, dass sie, um eine passende Auswahl treffen zu können, wissen müsse, ob es sich um eine süßliche oder um eine herbe Duftnote handeln solle. Darüber werde ich ja wohl Auskunft geben können.

Ich zog ein betretenes Gesicht, und sie fragte: »Was ist Ihre Frau denn für ein Typ?«

»Was für ein Typ?«, fragte ich zurück. »Gott, darüber habe ich mir noch nie Gedanken gemacht. Wie meinen Sie das denn?«

Sie sagte, es gäbe Frauen, zu denen passe ein lieblicher Duft. Zu anderen Frauen passe ein herber Duft.

Ich war ein bisschen ärgerlich über meine Frau. Wenn sie doch wenigstens hier wäre, dachte ich. Nie ist sie da, wenn man sie braucht.

Die junge Verkäuferin erkannte meine Not und sagte: »Am besten ist es wohl, ich führe Ihnen mal ein paar Parfüms vor.«

Sie holte ein halbes Dutzend Fläschchen, größere und kleinere, gefüllt mit Duftstoffen, die allesamt sehr vornehme französische Namen tragen.

Sie schickte sich an, mich mit Parfüm zu besprühen. Ich möge doch mal eben meine Hand ausstrecken, sagte sie, was mich aber in Panik versetzte. Denn ich musste doch noch nach Hause. Wie hätte ich den merkwürdigen Duft an mir erklären sollen?

»Lieber nicht«, wehrte ich ab. »Es genügt, wenn ich meine Nase daran halte. Es ist nämlich ...«

Die junge Dame verstand sofort.

Aber danach kam es noch schlimmer.

Sie sprühte ein wenig Parfüm auf ihren eigenen Handrücken und hielt ihn mir ganz dicht unter die Nase, was ich sehr verwirrend fand.

Denn bedenken Sie, Sie stehen in einem Laden, der ja an sich schon etwas sündhaft wirkt mit seinen Duftstoffen in Flaschen mit französischen Etiketten. Sie stehen also da und beschnuppern den Handrücken einer zwar wildfremden, doch betörend hübschen jungen Frau.

Also, was mich betrifft, ich kann mich in einer solchen Situation nicht mehr auf den Zweck meines Besuches in der Parfümerie konzentrieren, nämlich, dass ich meiner Frau ein Geschenk für Weihnachten kaufen will.

Ein knutteriger älterer Herr

Wir dürfen uns in unserer Phantasie getrost einmal ausmalen, dass er auf dem Rand des Schuhkartons sitzt, oben, auf dem Speicher, und ärgerlich an seiner längst erkalteten Meerschaumpfeife zieht.

Er? Es – das Räuchermännchen nämlich.

»He!«, ruft das Räuchermännchen ins Treppenhaus hinunter. »Nun wird es aber Zeit, dass ich in die gute Stube komme. Sonst ist Weihnachten vorüber.«

Knutterig ist das Räuchermännchen also immer noch, genau wie im vorigen Jahr.

Aber er hat doch die elf Monate im Schuhkarton recht gut überstanden. Sein prächtiges weißes Haar ist nicht schütter geworden. Nicht die Spur einer Glatze, was man von anderen Hausbewohnern nicht so ohne weiteres behaupten kann.

Nun gut, der rotbraune Mantel hat ein bisschen Farbe verloren. Aber das war auch im vorigen Jahr so. Was tut's!

Stolz hält das Räuchermännchen die Hellebarde in der Linken, die Laterne in der Rechten. Im Mund steckt die Pfeife ... Ja, die Pfeife!

»Kriege ich nun endlich etwas zu rauchen oder nicht?«

Die Weihnachtsengel in der anderen Ecke des Schuhkartons kichern. Der Alte hat es immer so eilig. In jedem Jahr muss er unbedingt der Erste sein, der hinuntergeholt wird in die gute Stube.

Na ja, die Weihnachtsengel haben gut reden. Sie gehören an den Weihnachtsbaum. Und der Weihnachtsbaum wird zuletzt aufgestellt. Das war schon immer so.

Außerdem hat das Räuchermännchen Recht. Es ist Adventszeit. Draußen macht sich der Frost breit. Er überzieht die Dächer mit einer weißen Decke.

Gegenüber im Baum sitzt eine Krähe. Die Gärten sind kahl. Die Menschen ziehen sich in ihre Wohnzimmer zurück und machen es sich gemütlich.

Und wer gehört zur Gemütlichkeit?

Das Räuchermännchen!

Nun hol' schon endlich einer das Räuchermännchen vom Speicher. Der Kerl quengelt uns und den Weihnachtsengeln noch die Ohren voll und kriegt es fertig, sein Nachtwächterlied zu blasen. Nicht jetzt, sondern mitten in der Nacht.

Das Räuchermännchen ist nämlich früher einmal ein Nachtwächter gewesen.

Gleich heute morgen wollen wir Räucherkerzen besorgen – die mit Fichtennadelduft.

Dazu gehört etwas Gebäck und ein paar rotbäckige Äpfel.

Den Kaffee kocht der Vater zur Feier des Tages, weil der Kaffee heute ausnahmsweise besonders stark werden darf.

Ja, und dann schlägt die Stunde des Räuchermännchens. Es wird ihm endlich erlaubt zu rauchen, was sonst im ganzen Hause niemand darf, nicht einmal der Besuch.

Und dann wollen wir jetzt wohl mal alle gemeinsam ein Weihnachtslied singen. Nur das Räuchermännchen singt nicht mit. Es hat keine gute Stimme und außerdem die Pfeife im Mund.

Räuchermännchen

Unser Räuchermännchen litt unter Altersschwäche, außerdem war seine »Lunge« verrußt, und meine liebe Frau sagte: »Wir brauchen ein neues Räuchermännchen. Lass uns nach Quedlinburg fahren. Da gibt es einen Weihnachtsmarkt, auf dem bestimmt Räuchermännchen angeboten werden.«

»Warum ausgerechnet Quedlinburg?«, fragte ich, und meine Frau sagte: »Weil Quedlinburg eine Fachwerkstadt ist. Außerdem«, fügte sie hinzu, »besitzt Quedlinburg einen Roland.«

Das leuchtete mir ein. Eine Stadt, in der es einen Roland gibt, bietet auf dem Weihnachtsmarkt gewiss eine große Auswahl an Räuchermännchen. Warum das so sein soll, weiß ich auch nicht.

Wir reisten also nach Quedlinburg.

Dort begaben wir uns sofort auf die Suche nach dem Roland. Er hatte sich am Weihnachtsmarkt hinter einer Bude mit einer Szene aus dem Märchen »Rotkäppchen und der Wolf« versteckt.

Von Räuchermännchen konnte keine Rede sein.

Wir schlenderten über den Weihnachtsmarkt und hielten Ausschau nach Räuchermännchen.

Ich blieb vor einer Bratwurstbude stehen.

»Hier gibt es keine Räuchermännchen«, sagte meine Frau.

»Aber Bratwürste!«, wandte ich ein.

Ich muss Ihnen gestehen, ich habe während des Bummels über den Weihnachtsmarkt von Quedlinburg drei Bratwürste gegessen.

Hinterher schmeckte mir der Wels nicht mehr, den ich in einem Restaurant bestellt hatte. Ich war satt. Und der Wels erinnerte mich an Gummi.

Ein Räuchermännchen, das uns gefiel, haben wir in ganz Quedlinburg nicht gefunden.

Wir haben am Ende ein Räuchermännchen zu Hause in Bremen gekauft, gar nicht weit vom Roland und – von den Bratwürsten entfernt.

Wann kommt der Nikolaus?

Wann kommt der Nikolaus?

Kommt er am 6. Dezember oder am 7. Dezember?

Es gibt Leute, die sich darüber streiten können, weil sie nämlich ihren Nikolaustag für den einzig richtigen halten. Weil sie überdies der Ansicht sind, dass man sich über die Gaben des Herrn Nikolaus nur am Morgen des 6. Dezember freuen kann. Oder am Morgen des 7. Dezember.

Aber in diesen Streit wollen wir uns nicht einschalten.

Vielmehr soll Folgendes klargestellt und für alle Zeiten festgelegt werden: Der Nikolaustag ist am 6. und am 7. Dezember.

Wir wollen doch einmal vernünftig überlegen und uns die Frage stellen, ob es wohl möglich ist, dass ein einziger Mann in einer einzigen Nacht zu allen Kindern kommen und ihnen Süßigkeiten auf den Teller oder in ihre eigenhändig blank geputzten Schuhe legen kann. Oder auch – was hoffentlich sehr selten geschieht – Ruten an die ungezogenen Kinder verteilt.

Ganz sicher ist das nicht möglich, denn man muss doch auch bedenken, dass der Nikolaus obendrein auch Erwachsene zu beschenken hat, schließlich gibt es tatsächlich erwachsene Leute, die sich jeden Tag brav betragen haben und dafür belohnt werden müssen – viele sind es nicht. Aber es läppert sich.

Das alles aber wächst dem Nikolaus glattweg über den Kopf. Denn der Jüngste ist er ja auch nicht mehr, und selbst sein Schimmel, der den Schlitten zieht mit all den Geschenken darauf, kann unmöglich in einer einzigen Nacht durch alle Straßen galoppieren.

Es gibt einfach zu viele Straßen. Einige sind auch sehr lang. Andere sind Sackgassen, so dass der Schimmel des Nikolaus wenden muss. Außerdem sind die meisten Straßen nicht besonders gut gepflastert.

Alle diese Dinge halten auf. Da nützt es auch nichts, dass viele Kinder Brot und Zucker für den Schimmel vor die Haustür legen. Der Schimmel freut sich zwar über jeden Happen. Doch schneller als schnell kann auch der beste Schimmel nicht laufen.

Weil das so ist, hat sich der Nikolaus sein Arbeitspensum ein wenig aufteilen müssen. Zu einigen Kindern kommt er in der Nacht zum 6. Dezember. Zu anderen Kindern kommt er in der Nacht zum 7. Dezember.

Und wer das nicht glaubt, der braucht im nächsten Jahr seinen Teller überhaupt nicht unter das Bett zu stellen.

Schaufensterbummel

Advent ist die Zeit der gemütlichen Schaufensterbummel, schon deswegen, nicht wahr, weil ja das
eine oder andere Weihnachtsgeschenk besorgt werden muss.

»Wir müssen unbedingt in die Stadt«, sagt meine
Frau beiläufig zu mir. »Schaufenster angucken!«

Aber was sich dann hinter dieser an sich harmlo-
sen Ankündigung verbirgt, das kann sich kein normaler Mensch vorstellen.

Also, sagen wir mal so, zumindest ich kann es
mir nicht vorstellen, weil ich bei dem Begriff »Schaufensterbummel« stets nur eindimensional denke.

Ich habe, ob Sie's glauben oder nicht, bei einem
Schaufensterbummel immer nur ein einziges Schaufenster vor Augen. Da blicke ich hinein, um Dinge
zu betrachten, die ich gern sehe und am liebsten
gleich kaufen möchte. Zum Beispiel Marzipan-
schweine.

Aber so ist das mit dem Schaufensterbummel
leider nicht. Unter einem Schaufensterbummel muss
man sich einen nahezu bewegungslosen Spaziergang
vorstellen, der in Zeitlupe an vielen Schaufenstern
vorüberführt, in denen Dinge ausgestellt sind, die
mich gar nicht interessieren.

»Guck mal«, sagt meine Frau bei unserem Schaufensterbummel, dem ich nicht entgehen kann. »Die
Kaffeemaschinen werden auch immer raffinierter.
Und dann das originelle Design. Wenn ich da an
unsere altmodische und kaum noch funktionieren-

de Kaffeemaschine denke – da bleibt einem der Verstand stehen.« Und sie fügt hinzu: »Findest du nicht auch, dass der Kaffee aus unserer Kaffeemaschine nicht mehr schmeckt – jedenfalls nicht nach Kaffee?«

Und während ich sage: »Also, heute Morgen habe ich noch Kaffee aus unserer Kaffeemaschine getrunken, der nach Kaffee geschmeckt hat«, sind die Augen meiner Frau schon ganz woanders.

Sie zieht mich weiter, unglückseligerweise aber nicht weit genug, so dass sie gleich vor dem nächsten Schaufenster zum Stehen kommt.

Es ist ein Schaufenster mit Uhren. Tausende von Armbanduhren.

Meine Frau betrachtet die Uhren, Stück für Stück. Ich weiß gar nicht, was es daran zu gucken gibt. Eine Uhr zeigt wie die andere die Zeit an. Manche Uhren gehen falsch. Andere Uhren stehen – im Schaufenster, nicht davor.

»Guck mal«, sagt meine Frau. »Die Armbanduhren sehen auch nicht mehr so aus wie früher, flotter, nicht wahr?«

Sie hält mir ihre Armbanduhr vor die Nase. »35 Jahre alt«, sagt sie. Mehr sagt sie nicht.

»Lass uns weitergehen«, schlage ich vor und setze mich in Bewegung.

»Renn' doch nicht so!« Meine Frau ist außer sich. »Es ist unmöglich«, sagt sie, »mit dir einen Schaufensterbummel zu machen. Man muss sich doch angesichts der vielen Schaufenster über die Weihnachtsgeschenke unterhalten, die wir noch einkaufen müssen.«

Während ich mich noch von den Uhren löse, ruft sie begeistert: »Guck dir den Pullover an. Das wäre etwas für mich!«

Ich betrachte den Pullover, den sie allerdings gar nicht gemeint hat. »Du musst dir doch vorstellen können«, sagt sie, »dass mir dieser Pullover gar nicht steht. Ich meine den grünen.«

Ich betrachte den grünen Pullover und sie äußert sich über ein Kostüm. »Ich brauche für den Sommer ein Kostüm«, sagt sie. »Dieses Kostüm wäre genau das Richtige.«

Ich reiße vor dem Kostüm aus, nachdem ich das Preisschild gesehen habe, und sie ruft: »Renn doch nicht so. Mein Gott«, sagt sie, »es macht überhaupt keinen Spaß, mit dir einen Schaufensterbummel zu machen. Man kommt nicht dazu, sich die Auslagen in den Fenstern in aller Ruhe anzusehen.«

Sehen Sie, und genau das weiß meine Frau seit Jahrzehnten. Und in jedem Jahr zur Weihnachtszeit schnackt sie mir Schaufensterbummel an.

Weihnachtliches Reisefieber

Es ist ein etwas ungereimtes Verhalten.

Wir sprechen von der besinnlichen Weihnacht, vom Fest der Familie, von Ruhe und Frieden. Und dann – packen wir die Koffer und hau'n ab, als sei der Teufel hinter uns her.

In der Weihnachtszeit bricht hierzulande nicht nur das Einkaufsfieber aus. Viele von uns werden vom Reisefieber befallen.

Weihnachtliches Reisefieber ist eine Krankheit, die innere Unruhe verursacht und hohe Kosten. Außerdem ist sie ansteckend. Denn Jahr für Jahr werden es mehr, die über Weihnachten von zu Hause fort sind.

Die Strapazen einer Autofahrt über verschneite Straßen und Eisplacken werden nicht gescheut. Volle Eisenbahnabteile werden klaglos hingenommen. Viel zu enge Flugzeuge werden als naturgegeben betrachtet, und der Zwang, sich am Flughafen bei der Abfertigung allen möglichen Unbequemlichkeiten aussetzen zu müssen und einer gründlichen Durchsuchung von oben bis unten, lässt merkwürdigerweise keinen Gedanken daran zu, dass dieses – da würdelos – ein Grund wäre, das Fliegen sein zu lassen. Im Gegenteil!

Danach wird irgendwo, fern von zu Hause, ein unter Umständen höchst ungemütliches und strapaziöses Weihnachtsfest verlebt, so dass man hinterher ganz erschöpft ist.

All das Unangenehme nehmen wir auf uns, gerade so wie der Apostel Paulus, der in seinem zweiten Brief an die Korinther schrieb:

»Ich bin oft gereist, ich bin in Gefahr gewesen durch Flüsse, in Gefahr unter Räubern, in Gefahr unter Juden, in Gefahr unter Heiden, in Gefahr in Städten, in Gefahr in Wüsten, in Gefahr auf dem Meer, in Gefahr unter falschen Brüdern.«

Aber sind wir etwa der Apostel Paulus?

Paulus war von Beruf Zeltmacher, und wir können uns ohne weiteres vorstellen, dass er in einem Zelt gewohnt hat, was ja in unseren Breiten nicht gerade als ein gemütliches Heim zu betrachten ist.

Die meisten von uns – ich setze das einfach einmal voraus – haben ein gemütliches Heim, in dem sich Weihnachten angenehm und ruhig verleben ließe.

Es fragt sich nur, warum tun wir das nicht?

Mit der Ruhelosigkeit – um aus gegebenem Anlass bei der Bibel zu bleiben – der heiligen Familie vor mehr als 2000 Jahren kann das kaum etwas zu tun haben.

Erstens kommt unsereiner vor lauter Hektik gar nicht dazu, an die heilige Familie zu denken. Außerdem sind Maria und Joseph nicht freiwillig von Nazareth nach Bethlehem gereist. Sie mussten reisen – wegen der von dem römischen Kaiser Augustus angeordneten Volkszählung.

Und nach der Geburt des Kindes mussten sie erst recht reisen, weil der König Herodes die bekannten Schwierigkeiten machte. Mitten in der Nacht und möglicherweise ohne sich zählen zu lassen wurden die Koffer gepackt und die Reise ging nach Ägypten, was ja – wie wir wissen – auf einem keineswegs besonders komfortablen Esel geschah.

Wenn Sie mögen und die entsprechende Zeit haben, können Sie das alles in den Evangelien von Lukas und Matthäus nachlesen.

Mit unserem weihnachtlichen Reisezwang haben die heiligen Reisen aber absolut nichts zu tun. Zumal auch nicht ausdrücklich in der Bibel geschrieben steht, dass wir, indem wir reisen, ein gottgefälliges Werk verrichten. Das jedenfalls unterscheidet uns von dem Apostel Paulus.

Es muss wohl etwas anderes sein, was uns auf Trab bringt.

Vielleicht ist es die Suche nach einer weihnachtlichen Ruhe, die wir mittlerweile zu Hause nicht mehr finden, weil wir uns gegenseitig verrückt machen.

Wir entfliegen dem Rummel, um irgendwo in irgendeinem anderen Rummel zu landen.

Oder reisen wir während der Weihnachtszeit in der Weltgeschichte umher, weil wir auf der Suche sind – auf der Suche nach uns selbst?

Ich fürchte, wenn wir schon in der eigenen Stube nicht zu uns finden – auf Mallorca oder andernorts wird uns das erst recht nicht gelingen.

Weihnachtswünsche

Ich frage mich wirklich: Was ist bloß mit dem Weihnachtsmann los?

Sehen Sie, früher, als ich ein Kind war, da habe ich mir Kasperpuppen zu Weihnachten gewünscht oder einen Kaufmannsladen, ein Dreirad oder eine elektrische Eisenbahn.

Ich kann mich erinnern, dass der Weihnachtsmann diese Wünsche im Allgemeinen erfüllt hat. Es konnte wohl auch mal passien, dass er im allgemeinen Gewusel ein bisschen danebengriff und, zum Beispiel, statt der elektrischen Eisenbahn eine Eisenbahn zum Aufziehen brachte. Er war eben schon damals ein älterer Herr und infolgedessen ein bisschen tüddelig.

Heutzutage aber benimmt sich der Weihnachtsmann häufig ganz und gar unmöglich. Allerdings muss ich zugeben, dass unsere Wünsche auch viel anspruchsvoller geworden sind, so dass ihnen der Weihnachtsmann zuweilen nicht mehr gewachsen zu sein scheint.

Nehmen wir mal an, Sie und ich, wir schreiben auf unseren Wunschzettel, dass wir uns für das kommende Jahr überall in der Welt Frieden wünschen und dass die Politiker ehrliche Kerle sind und nicht ausschließlich an ihren eigenen Vorteil denken. Was passiert dann?

Ja, da kann es doch sein, dass sich im Posteingangskorb des Weihnachtsmannes auch andere Wunschzettel befinden, auf denen geschrieben steht:

»Lieber guter Weihnachtsmann, ich wünsche mir für das kommende Jahr ein paar wunderschöne Kriege, damit es mir gut gehe auf Erden. Dein Dich liebender Waffenfabrikant.«

Oder ein Politiker wünscht sich, dass seine Lügen auch im nächsten Jahr nicht herauskommen werden.

Und weil Waffenfabrikanten und Politiker schöne Briefbögen haben oder gar per E-mail schreiben und obendrein alle Höflichkeitsfloskeln beherrschen, wir aber, Sie und ich, nur einen schlichten Wunschzettel geschrieben haben – und den auch noch mit der Hand, noch dazu mit einem unleserlichen »W« im Weihnachtsmann, erfüllt der Weihnachtsmann nicht unsere Wünsche, sondern die der Waffenhändler und Politiker, was für ihn ja auch viel bequemer ist.

Unter diesen Umständen, und weil er sich mit seinem – man muss das mal so sagen – patriarchalischen Gehabe ohnehin immer so kerlich benimmt, stellt sich die Frage, warum eigentlich die Frauen, die doch am meisten unter der Dummheit der Männer zu leiden haben, nicht längst initiativ geworden sind und eine Planstelle für eine Weihnachtsfrau fordern.

Denn in allen Bereichen unseres Lebens setzt sich doch das Weibliche durch, und im Großen und Ganzen ist das auch begrüßenswert. Nur vor der Rolle des Weihnachtsmannes scheinen die Frauen zurückzuschrecken.

Warum?

Ich könnte mir denken, dass die auf Äußerlichkeiten bedachten Frauen Anstoß daran nehmen, dass der Weihnachtsmann notwendigerweise ein Bartträger ist. Und auch sehr emanzipierte Frauen empfinden einen Bart – zumindest für sich selbst – als unpassend.

Frauen aber, die mehr aufs Geistige ausgerichtet sind, werden dankend darauf verzichten, die Funktion eines Weihnachtsmannes zu übernehmen und hintersinnig hinzufügen, dass es zu den Privilegien der Männer gehöre, Weihnachtsmänner zu sein. Und das wolle man ihnen herzlich gern lassen.

Auf die Dauer aber werden sie die Entwicklung zum/zur Weihnachtsmann, Schrägstrich -frau nicht aufhalten können. Und dann ...

Wie die Dinge so liegen, wird es einige Weihnachtsfrauen geben, die sich, mit Bart, wie hundertfünfzigprozentige Weihnachtsmänner benehmen.

Unsere schlichten Wunschzettel mit dem unleserlichen »W« werden sicher weiter ungelesen bleiben.

Geldgeschenke

Als meine Großmutter noch ganz klein war – so etwa um das Jahr 1880 herum – da waren die weihnachtlichen Gabentische sehr viel bescheidener als heute.

Zu dieser Zeit wurden, so erzählte meine Großmutter, rotbäckige Äpfel auf den in vielen Dienstjahren verblichenen bunten Pappteller gelegt, die mit ein paar von der Mutter selbst gebackenen braunen Kuchen garniert waren. Manchmal gab es auch etwas Besonderes, dann lag neben dem Teller eine neue Schürze, die Urgroßmutter genäht hatte. Und meine kleine Großmutter freute sich wie verrückt.

Inzwischen gehöre ich zu jener Generation, die immerzu von früher erzählt und berichtet, wie es damals war, als ich von der Weihnachtsglocke in die Stube gerufen wurde.

Da stand unter dem Tannenbaum meine alte Burg, die ich in jedem Jahr wiederbekam – mit immer neuen Soldaten. Schießende, marschierende, berittene und verwundete Soldaten.

Einmal ritt der General Blomberg durch das Tor der Burg. Einmal stand der greise Hindenburg in der Uniform eines Generalfeldmarschalls vor der Front der Soldaten, und schließlich grüßte Adolf Hitler unter dem Weihnachtsbaum – mit beweglichem rechten Arm, der auf Wunsch zum »Deutschen Gruß« gehoben werden konnte.

Später und vor allem während des Krieges lagen stets Bücher mit zumeist kriegerischem Inhalt auf dem Gabentisch – zum Beispiel »Horst will unter die Soldaten«. Und natürlich Bücher von Karl May, weil ja auch, wie uns unser Bannführer erzählte (der hatte es selbst gesehen!) sich über dem kargen Bett des »Führers« ein Bücherbord befand, auf dem ausschließlich Werke von Karl May standen.

Heute ist das alles ganz anders. Die Großmütter und Großväter der Zukunft, also unsere Kinder und Enkelkinder, kann man mit rotbäckigen Äpfeln, selbst gebackenen braunen Kuchen und Hitler mit beweglichem Arm nicht mehr beglücken. Schon gar nicht mit einer Schürze – weil sie ja auch gar nicht wissen, was eine Schürze ist.

Die Großmütter und Großväter der Zukunft erwarten heutzutage lebensgroße Puppen mit Kulleraugen und schwacher Blase – denn auch Puppen müssen mal Pipi machen. Sie erwarten knallbunte Plastik-Autos, Game-Boys und Computer, die bereits nach einmaligem Gebrauch hoffnungslos veraltet sind.

Etwas komplizierter wird die Sache bei den Geschenken für Erwachsene, die ja meistens schon alles haben.

Je näher das Weihnachtsfest rückt, desto dringlicher wird die Frage: »Was wünschst du dir eigentlich?«

Kann sein, dass sich der Angesprochene tatsächlich etwas wünscht. Aber er mag es nicht sagen, zumal er auch nicht zurückfragen kann: »Was willst du denn ausgeben?«

Andere wiederum wissen wirklich nicht, was sie sich wünschen sollen – jedenfalls keine Schürze.

Praktisch veranlagte Menschen sind dazu übergegangen, einander Geld zu schenken. Wer Geld schenkt, der riskiert nicht, dass seine Gaben bei dem Beschenkten den hilflosen Versuch auslösen, Freude zu heucheln, weil sie mit dem Zeugs nichts anfangen können, zumal auch die Farbe unmöglich ist. Und so viele Leute, die man nicht leiden mag, gibt es gar nicht, um all die Geschenke, die einem nicht passen, auf anständige Art und Weise wieder loszuwerden.

Mit dem Geld ist das etwas anderes. Geld kann jeder gebrauchen, und ich möchte den Neffen sehen, der enttäuscht ist, wenn er von seiner Tante einen Fünfzigeuroschein in die Hand gedrückt bekommt. Es sei denn, er hat mit hundert Euro gerechnet.

Eine schöne Weihnachtsüberraschung hatten sich in unserer Familie die Cousinen Anna und Frieda ausgedacht. Jahr für Jahr – es war noch während der Mark-Währung – drückte Anna ihrer Cousine unter dem Weihnachtsbaum einen Briefumschlag mit 50 Mark in die Hand und sagte: »Hier, Frieda, kauf dir was Schönes dafür.«

Und Frieda drückte Anna einen Briefumschlag mit 50 Mark in die Hand und sagte: »Ja, Anna, und du dir auch.«

Bitte, nur eine Kleinigkeit

In diesem Jahr, das hatten wir uns doch alle fest vorgenommen, in diesem Jahr schenken wir einander nicht viel. Schluss mit dem Geschenkerummel.

Eine kleine Aufmerksamkeit, gut. Dagegen ist nichts zu sagen.

Aber kommt nicht wieder, wie im vorigen Jahr, mit einer halben Wohnungseinrichtung an.

Es ist jedoch schon heute, und das auch ohne große hellseherische Begabung, vorauszusagen, wie es bei Ihnen zum Beispiel am Heiligabend nach der Bescherung aussehen wird.

Nämlich genau wie bei uns.

Berge von Weihnachtspapier, Schmuckbändern und Schleifen, Kisten, Kästen und Kartons. Und Holzwolle.

Seid doch mal ein bisschen vorsichtig mit der Holzwolle!

Tausend Geschenke.

Denn Oma hat sich natürlich wieder nicht an die Abmachung gehalten. Sie wollte und sollte nur eine Kleinigkeit schenken. Hat sie hoch und heilig versprochen.

Und was schenkt sie?

Also, Oma, die halbe Wohnungseinrichtung hätte wirklich nicht nötig getan.

Onkel Fritz und Onkel Franz, Tante Minna und Tante Emma – sie alle kommen angekeucht unter der Last unzähliger Päckchen und Pakete.

Selbst innerhalb der engsten Familie ist das Vertrauen, das man doch nach so vielen Ehejahren zueinander haben sollte, in diesen Tagen in ein tiefes vorweihnachtliches Misstrauen umgeschlagen.

Er denkt: Sie rennt dauernd in die Stadt, kauft und kauft. Da darf ich mich doch nicht blamieren mit meinem Marzipanbrot. Er rennt los in die Stadt und kauft und kauft.

Sie denkt: Er rennt dauernd in die Stadt, kauft und kauft. Weiß der Kuckuck, woher er das Geld nimmt. Also, ein paar Kleinigkeiten werde ich ihm kaufen müssen. Sie rennt los in die Stadt und kauft und kauft.

»Ich habe gedacht«, sagt sie am Heiligabend, »ich habe gedacht, den Pullover könntest du gut gebrauchen, guck mal, das flotte Muster. Und den Pullunder. Pullunder sind immer so gemütlich. Und die beiden weißen Hemden – hoffentlich hab' ich mich nicht wieder mit der Kragenweite vertan. Du hast doch 39, nicht? Im vorigen Jahr hattest du 39. Und dein Hals ist nicht dicker geworden. Nur dein Bauch. Und die Krawatte mit den Würfeln und die Socken mit dem Zopfmuster. Und die Schreibtischgarnitur. Und die geschnitzte Maske aus Afrika. Du hast dir doch immer eine geschnitzte Maske aus Afrika gewünscht, nicht? Und wie gefällt dir das Sofakissen? Nein, nicht selbst gestickt. Aber doch ganz hübsch, nicht? Guck mal, deine Autonummer.«

Also, nun hört mal alle gut zu! Onkel Fritz, du auch! Für dieses Jahr ist nichts mehr zu retten. Aber im nächsten Jahr, das wollen wir hiermit einander versprechen, werden wir vernünftiger sein.

Schluss mit dem Geschenkerummel!

Im nächsten Jahr schenkt jeder jedem wirklich nur eine Kleinigkeit. Wir sind doch alle erwachsene Leute.

Hauptsache, dass wir gesund sind und gemütlich zusammensitzen.

Hat einer einen Kalender fürs nächste Jahr?

Guck doch mal nach, wann der erste verkaufsoffene Samstag ist.

Merry Christmas!

Okay, es ist im Rahmen unseres multikulturellen Landes sicherlich gut gemeint, wenn uns an allen Ecken, in allen Schaufenstern und sogar im Krankenhaus ein »Merry Christmas« gewünscht wird.

Ich muss mir das immer wieder klarmachen, dass das Deutsche keine Weltsprache ist. Kein Mensch käme, sagen wir mal, auf die Idee, einem Japaner »Herzlichen Glückwunsch« zum Geburtstag zu wünschen. Warum sollte er das tun? Es gibt nur wenige Japaner, die Deutsch verstehen, wenn man mal von jenem japanischen Professor absieht, der nicht nur Deutsch, sondern auch Plattdeutsch beherrscht.

»Herzlichen Glückwunsch«, sagt man schon gar nicht in England oder in Amerika. Denn in England, zum Beispiel, gibt es nicht einmal einen Professor, der Plattdeutsch spricht. Aber überall auf der Welt versteht man »Happy birthday to you!« Auch in Deutschland, wo man es nicht nur versteht, sondern es auch sagt und wo man sich im Übrigen zwanglos über Leggings und T-Shirts, die man beim Shopping erstanden hat, unterhalten kann, über Shooting-Stars, über Skateboarder in der Fußgängerzone und über die nächsten Six Days in Bremen.

Zu einer solchen Sprache gehört selbstverständlich »Merry Christmas«, was ich auch gar nicht in Frage stellen will.

Dennoch wünsche ich Ihnen: Fröhliche Weihnachten – falls Sie wissen, was ich damit meine.

Heiligabend

Ich kann das gar nicht begreifen, dass so ein Tag wie der Heilige Abend nicht von morgens bis abends gemütlich sein kann. Und besinnlich, was er doch sein sollte.

Ich habe jedenfalls immer schon am Heiligabendmorgen das dringende Bedürfnis, mir das Leben schön zu machen. Und wenn ich mich dann spätestens am Nachmittag so gegen drei hinsetze und ein freundliches Buch aufschlage, sagen wir mal, den braven Soldaten Schwejk, dann werde ich immerzu gestört, weil meine Frau vor meiner Nase auf und ab läuft, als hätte sie nichts Besseres zu tun.

»Warum läufst du denn so auf und ab?«, frage ich sie und lasse das Buch sinken. »Das kann man ja gar nicht aushalten.«

»Ich laufe nicht auf und ab«, antwortet meine Frau und streicht sich das Haar aus der Stirn. »Ich bereite das Essen für heute Abend vor und habe gerade den Wein ein bisschen kalt gestellt.«

Sie holt Luft und sagt: »Außerdem muss ich noch den Baum schmücken, den du leider nicht auf den Tannenbaumfuß geschraubt hast, was ich auch noch machen musste. Ich suche zwei verloren gegangene Geschenke für die Omas. Ich dachte, ich hätte sie in den Kleiderschrank gelegt. Aber da sind sie nicht. Zwischendurch hole ich die Gurken aus dem Keller. Ich scheuere das Badezimmer, in dem du als Letzter in der Badewanne gesessen hast, ohne die Wanne anschließend zu säubern. Ich mache die Betten. Ich schreibe einen Weihnachtsgruß an Onkel Willi, den du wieder nicht auf die Weihnachtsgrußliste gesetzt hast. Immer vergisst du Onkel Willi. Du weißt genau, wie empfindlich er ist. Ich ...«

Sie werden verstehen, dass ich meine Frau an dieser Stelle mal eben unterbreche. Abgesehen davon, dass ich keine Lust habe, mich am Heiligabend wegen des Weihnachtsgrußes an Onkel Willi mit meiner Frau zu streiten. Ich frage sie also: »Kann ich dir irgendwie behilflich sein?«

»Du könntest«, sagt meine Frau, »das Geschirr spülen.«

Na gut, denke ich, weil ich kein Spielverderber sein möchte. Doch frage ich sie: »Mit welchem Spülmittel soll ich das Geschirr spülen?«

Außerdem möchte ich gern wissen, wo das Geschirrtuch liegt.

Ich frage sie, ob man die guten Gläser mit einem Silberputztuch blank putzen darf. Und ob es denn schlimm wäre, wenn ich die Kaffeekanne fallen ließe – nur aus Versehen versteht sich.

Ich meine, ich habe sie noch nicht fallen lassen. Aber es könnte ja sein, weil ich schon einmal an einem Heiligabend versehentlich einen guten Suppenteller habe fallen lassen, dummerweise mit Suppe.

Meine Frau sieht mit einem Male ganz verzweifelt aus und sagt: »Lass' bloß die Finger vom Geschirrspülen. Ich mach das schon allein.«

»Ja, wenn du das unbedingt willst«, sage ich, lass' das Geschirrtuch fallen und ziehe mich in meine Ecke zurück. Da warte ich dann auf den Heiligabend, an dem es, so hoffe ich, endlich gemütlich wird.

Aber ich sehe schon. Es wird sein wie im vorigen Jahr und wie im Jahr davor.

Gemütlichkeit wird auch diesmal nicht richtig aufkommen. Denn kaum werden wir in der Stube sitzen und es ist acht Uhr vorbei, da wird meine Frau herzhaft gähnen und mir mitteilen, dass sie schrecklich müde sei.

Ich weiß gar nicht, wie so etwas möglich sein kann.

Ich bin hellwach.

Musik

Als ich ein kleiner Junge war, stand Heiligabend stets ein häusliches Konzert auf dem Programm. Es folgte nach Kartoffelsalat und Würstchen und nach der Bescherung – damit die Kinder während des Konzerts nicht die Augen verdrehten, um zu sehen, was ihnen der Weihnachtsmann gebracht hatte.

Das Konzert fand unter dem erleuchteten Weihnachtsbaum statt. Ich spielte die Blockflöte, und die anderen sangen mit.

»Süßer die Glocken nie klingen ...«

Es war das Lieblingslied meiner Großmutter und infolgedessen gehörte es zu meinem Weihnachtsrepertoire – obwohl ich mal wieder schlampig geübt hatte und den Sprung vom tiefen C zum hohen C nicht schaffte, was eigentlich gar nicht schwer ist.

Meine Großmutter glich den Fehler mit ihrer hohen, hellen Stimme aus, obwohl auch sie beim hohen C ein bisschen zitterte.

Ein paar Jahre später vervollständigte mein kleiner Bruder mit seiner Handharmonika das Instrumentarium der weihnachtlichen Musiziergemeinschaft. Und da kam es auf die richtigen Flötentöne ohnehin nicht mehr an.

Gefährlicher wurde es, als ich mich als Geigenvirtuose versuchte. Ich spielte »Süßer die Glocken nie klingen ...« viel zu langsam, weil ich die Lage der Noten auf den Saiten immer wieder suchen musste. Damit brachte ich meine Großmutter jedesmal durcheinander, denn so langsam, wie ich spielte, konnte kein Mensch singen. Entweder war meine Großmutter schon fertig, wenn mir auf halber Strecke irgendeine Note verloren gegangen war, oder sie versuchte mitzuhalten, was ihr beim hohen C niemals gelungen ist.

Außerdem spielte ich nicht. Ich kratzte, was beim Geigenspiel nichts Ungewöhnliches ist. Ich kratzte so entsetzlich, dass meine Geigenlehrerin, eine an sich freundliche Dame mit rötlichblondem Haar, eines Tages sagte, sie wolle nun ihren Beruf aufgeben und ich möge das nächste Mal nicht wiederkommen.

Sie hat ihren Beruf dann doch nicht aufgegeben. Aber das erfuhr ich erst später, als ich die Geige längst für ein paar Mark verkauft hatte.

Ich bin danach so recht und schlecht ohne Musik durchs Leben gekommen. Aber wie das so ist, am Ende hat man doch das Gefühl, etwas versäumt zu haben.

Seit einiger Zeit quäle ich ein wehrloses Klavier und eine geduldige Klavierlehrerin.

Und wieder spiele ich «Süßer die Glocken nie klingen ...».

Mein Bruder lebt, inzwischen ohne Handharmonika, in Spanien. Meine Großmutter mit ihrer hohen und hellen Stimme ist lange tot. Infolgedessen spielt und singt niemand mehr mit. Auch steht mein Klavier im Keller. Ich spiele bei geschlossener Kellertür.

Auf diese Weise trage ich bei meinen Nachbarn zu einem friedlichen Weihnachtsfest bei.

Vullbuuksabend

Meine Großmutter mütterlicherseits, die das Schicksal von Kiel nach Bremerhaven verschlagen hatte, sagte kurz vor Weihnachten, wir sollten mal sehen, Heiligabend sei Vullbuuksabend. Das sei in ihrem langen Leben immer so gewesen, auch in den Hungerjahren des Ersten Weltkrieges, und daran werde sich auch in diesem Jahr nichts ändern.

Es war aber das Jahr 1946.

Wir tippten uns an die Stirn und sagten: »Oma spinnt!«

Was ein Vullbuuksabend war, ein Abend mit einem vollen Bauch, das konnten wir uns schon lange nicht mehr vorstellen.

Ja, früher, vor dem Krieg und auch in den ersten Jahren des Krieges, da hatte es am Heiligabend immer Kartoffelsalat und Würstchen gegeben. Da konnte jeder so viel Würstchen essen, wie er mochte.

Höchstens zwei.

Mehr seien gar nicht gesund, sagte meine Mutter, weil sie das Geld für drei Würstchen pro Person auch gar nicht gehabt hätte.

Und dann die bunten Teller, auf denen Weihnachtskringel lagen und gefüllte Schokoladenglöckchen, Weihnachtsmänner und Marzipanbrote, die ich besonders gern mochte.

Ich fing ja immer gleich an, all die Herrlichkeiten in mich hineinzustopfen. Doch dann hieß es: »Nun wollen wir alle aber erst einmal ein paar Weihnachtslieder singen.«

Wir fingen an mit »Süßer die Glocken nie klingen ...«, was sich dann aber ganz schrecklich anhörte, weil ich ja den Mund voll hatte. Und mit vollem Munde singt es sich nicht gut.

Darum schwieg ich lieber still, was aber meiner Großmutter gar nicht recht war, denn »Süßer die Glocken nie klingen ...« war ihr Lieblingslied.

»Der Junge singt ja gar nicht mit«, schimpfte sie hochdeutsch, was immer ein Zeichen dafür war, dass sie sich ärgerte.

»Wenn du nicht singen willst«, sagte sie, »dann musst du uns auf deiner Blockflöte begleiten.«

Danach ging die Sucherei los, weil ich doch nie wusste, wohin ich die verdammte Blockflöte gelegt hatte.

Wenn das aber alles vorüber war – es ging meistens schon deshalb sehr schnell, weil meine Familie schwache Nerven hatte und mein Blockflötenspiel nur begrenzt ertragen konnte – wenn also alles vorüber war, machte ich mich über den Rest meines bunten Tellers her. Danach fing ich auch noch an, den Teller meines Bruders zu plündern, was stets einen mörderischen Krach zur Folge hatte. Das Ende vom Lied war, dass wir ins Bett mussten.

»Marsch, ins Bett!«

Ich las dann aber unter der Bettdecke das neue Buch von Karl May und genoss es, einen vollen Bauch zu haben.

Sehen Sie, das war Vullbuuksabend. Und daran war im Jahre 1946 natürlich überhaupt nicht zu denken. An Würstchen und Kartoffelsalat nicht, an einen bunten Teller schon gar nicht. Da hätte ein

Wunder geschehen müssen. Aber an Wunder glaubten wir nicht mehr. Es war uns gegen Ende des Krieges so viel von Wundern und Wunderwaffen erzählt worden – und wir hatten dann doch nur unser blaues Wunder erlebt.

Aber meine Großmutter blieb dabei und sagte: »Dschi ward seh'n. Dat gifft ok dittmal wedder een' Vullbuuksabend.«

Und dann war Heiligabend da.

Morgens war'n wir noch Kohlenklau'n gewesen, also, nicht ich. Ich hatte Angst vor den geladenen Gewehren der Amis, außerdem fürchtete ich mich, mir die Hände an den Kohlen schmutzig zu machen.

Mein Bruder war da anders, der fürchtete sich nicht einmal vor dem Teufel, geschweige denn vor den Amis. Und schmutzige Hände hatte er sowieso. Also, der klaute Kohlen, damit wir es warm hatten.

Joseph Torba, der Mann von Maria Torba, die Karten legen konnte, hatte uns einen Tannenbaum gebracht, klein und mickrig, wie Herr Torba selbst, aber immerhin. Er hatte schöne Grüße von seiner Frau bestellt und gesagt, die Zeiten könnten nur noch besser werden. Das jedenfalls habe sie in den Karten gelesen.

In der Küche guckte meine Großmutter in sämtliche Töpfe hinein, und was sie sah, war allenfalls Magermilch, die so wässrig war, dass sie schon bei dem Versuch, sie zu kochen, anbrannte.

Unsere Oma schüttelte ungläubig den Kopf und meinte: »Dat verstah ik nich!«

Gegen elf Uhr aber klingelte es.

Draußen stand Käpt'n Potyka, der früher auf einem Bananendampfer das Kommando geführt hatte und jetzt als Fischdampfermatrose fuhr, weil es ja keine Handelsflotte mehr gab. Potyka war Kollege meines Vaters gewesen, der im November mit dem Fahrrad tödlich verunglückt war.

Käpt'n Potyka zog eine Flasche Fischöl aus der Tasche, drückte sie meiner Mutter in die Hand, sagte »Frohe Weihnachten« und war schon wieder verschwunden, ehe sich meine Mutter so recht bedanken konnte.

Am Abend aber gab es wundervoll knusprige Bratkartoffeln, in Fischöl gebraten, und unter dem mickrigen Weihnachtsbaum, der gar nicht mehr so mickrig aussah, stand ein großer bunter Teller mit einem Berg Schmalzkuchen, die in Fischöl gebacken waren.

Wir stießen den ganzen Abend nach Fischöl auf. Aber wir waren nach langer Zeit mal wieder richtig satt geworden.

»Dar seht dschi mal«, sagte meine Großmutter, und Triumph lag in ihrer Stimme. »Ick heff dat jo glieks seggt, Wiehnachten is Vullbuuksabend. Und dat blifft dat uk.«

Weihnachten 1944 in der Kinderlandverschickung

Es war in der Weihnachtszeit des Jahres 1944.

Wir fuhren mit der Eisenbahn nach Bautzen ins KLV-Lager. Kinderlandverschickung, angeordnet und organisiert von der Reichszentrale Landaufenthalt für Stadtkinder e.V., Entsendestelle: NSDAP, Amt für Volkswohlfahrt.

Unterwegs gab es eine kleine Fahrtunterbrechung. Unsere Holzklassewagen wurden auf das Abstellgleis eines Bahnhofes rangiert, wo wir die Nacht verbringen sollten.

Neben uns hielt ein Güterzug mit offenen Viehwagen, in denen Menschen standen, dicht an dicht, mit Säcken über den Köpfen, die ihnen ein bisschen Schutz vor der Kälte gewährten.

Nachts hörten wir Schüsse.

Am nächsten Morgen waren die Güterwagen weg.

Auch wir fuhren weiter.

Heiligabend verlebten wir in unserem Lager in einem katholischen Knabenheim in der Bahnhofstraße 12 in Bautzen.

Morgens hatte ich Küchendienst. Ich musste Kartoffeln schälen.

Abends wurden wir in den Gemeinschaftsraum gerufen, in dem ein Weihnachtsbaum stand. Den hatten die Nonnen des katholischen Knabenheims liebevoll geschmückt.

Es wurden Weihnachtspakete von zu Hause verteilt. Auch ich hatte eines bekommen. Darin befanden sich ein Buch aus dem Bücherschrank meiner Eltern, »Heinrich von Plauen« von Ernst Wichert, das ich schon kannte, ein Fotoapparat aus dem Besitz meiner Eltern, der etwas schadhaft war, und ein langer Brief meiner Mutter, in dem sie mir schrieb, dass es ihr gut gehe. Seit ein paar Wochen hatte es keine Bombenangriffe mehr gegeben, und es war Nachricht vom Vater da. Er lebte.

Unser Lagermannschaftsführer hielt eine zackige Rede. Er sagte, im nächsten Jahr Weihnachten sei der Krieg zu Ende, und unser Führer sei der größte Feldherr aller Zeiten. Er werde das deutsche Volk zum Sieg führen. Sieg Heil!

Er sagte dann, das mit den Weihnachtsliedern sollten wir man lassen. Weihnachtslieder zu singen sei Quatsch und überhaupt nicht mehr zeitgemäß.

Er stimmte das Lied an: »Unsere Fahne flattert uns voran, in die Zukunft zieh'n wir, Mann für Mann ...«

Die Nonnen hatten sich zurückgezogen. Unsere Lehrer saßen dabei und sagten gar nichts. Aber sie sangen auch nicht mit.

Ich war damals vierzehn Jahre alt und bekam, als ich schon gar nicht mehr damit gerechnet hatte, richtiges Heimweh.

Mein Freund Karl-Wilhelm guckte mich an und fragte: »Heulst du?«

Ich sagte: »Nee!«

»Ich auch nicht«, sagte er und rieb sich die Augen. Sein Vater war seit Anfang November in Frankreich vermisst.

Einsam

In meiner Kindheit waren es vor allem drei Geschichten, die zu gegebener Zeit, bei passender Gelegenheit und am liebsten in der Adventszeit von meiner Großmutter erzählt wurden. Gerade in der Adventszeit hörte man als Kind besonders aufmerksam zu, um den Weihnachtsmann nicht zu verärgern. Diese drei Geschichten hat mir meine Großmutter immer und immer wieder erzählt – und die haben mich sehr beeindruckt.

Da war zunächst die Geschichte mit dem kleinen Hohenzollern-Prinzen – ich weiß nicht mehr, wie er hieß – aber ich meine den, der beim Wackeln mit dem Stuhl hintenübergefallen und so unglücklich mit dem Kopf aufgeschlagen war, dass er auf der Stelle sein junges Prinzenleben ausgehaucht hatte.

Wenn so etwas schon in einem feinen Speisezimmer eines Schlosses und dazu noch einem leibhaftigen Prinzen passieren konnte, wie gefährdet war dann erst ich, der ich in einer gewöhnlichen Küche mit dem Stuhl wackelte?

»Junge, lass' das Wackeln sein!«

Die zweite Geschichte betraf die kleinen Kinder in Indien, die in Pappkartons schlafen mussten und die sicherlich froh gewesen wären, wenn sie um neun Uhr abends in ein so schönes Bett hätten gehen dürfen, wie ich eines besaß.

Es war, wie mir bedeutet wurde, sehr undankbar von mir, abends um neun Widerworte zu haben, wenn ich ins Bett gehen sollte.

Die dritte Geschichte handelte von einem Kind, das mutterseelenallein in einem einsamen, mitten im Wald stehenden Haus lebte oder gelebt hatte. Ich weiß nicht mehr so genau, ob das Kind damals, als ich davon hörte, überhaupt noch lebte. Ich erinnere mich nur an eine Ansammlung von Schrecknissen, die fest mit dem Schicksal des Kindes verknüpft waren.

Im Wald zu leben, das war für mich schon schlimm genug, weil es dort, wie ich genau wusste, von Ungeheuern nur so wimmelte. Es gab scheußliche Hexen, hinterhältige Zauberer und Feuer speiende Drachen, die alle zusammen nur darauf aus waren, kleine Kinder in ihre Gewalt zu bringen und sie zur rechten Zeit zu verspeisen.

Die Geschichte war so schrecklich, dass ich nie erfahren haben, wie sie ausgegangen ist, obwohl ... man hat es mir sicherlich erzählt, allein, ich habe das Ende vergessen, wahrscheinlich verdrängt.

Was das Wackeln mit dem Stuhl betrifft, so habe ich es trotz des abschreckenden Vorbildes niemals bleiben lassen. Erst im vorigen Jahr bin ich in meinem Arbeitszimmer wackelnderweise mit dem Stuhle umgekippt, ohne dass dieses allerdings irgendwelche Folgen nach sich gezogen hatte. Man lernt ja im Laufe der Jahrzehnte, mit seinen Dummheiten umzugehen.

Die Geschichte mit den in Pappkartons schlafenden kleinen Indern bekam im Jahre 1945 eine neue Variante. Damals waren es auf der Flucht befindliche kleine Deutsche, die nicht einmal mehr einen Pappkarton zum Schlafen hatten. Ich lernte daraus, dass sich kein Mensch in der Sicherheit seines Wohlstandes wiegen sollte.

Die dritte Geschichte aber, die von dem einsamen Kind im Walde, hat für mich immer noch keine Pointe.

Ich muss Ihnen gestehen, dass ich noch nie in meinem Leben einsam gewesen bin. Es waren immer Menschen um mich herum, mit denen ich schnacken konnte und die mit mir zusammen – wenn es erforderlich gewesen wäre – Front gemacht hätten gegen scheußliche Hexen, hinterhältige Zauberer und Feuer speiende Drachen.

Wenn ich aber eines Tages wirklich einmal so richtig allein sein sollte, wie das Kind in dem Haus im Wald, dann wünschte ich mir, dass es mir so geht wie Hein Sonntag.

Hein Sonntag sah aus wie ein bekümmerter Seehund. Er war früher als Bootsmann zur See gefahren. Aber dann wollten die Augen nicht mehr und Hein Sonntag auch nicht. Er hatte seinen Seesack gepackt und war an Land gegangen.

Dort hatte er unzählige Freunde, Kollegen von einst, Nachbarn, Skat- und Kegelbrüder und sogar Verwandte, mit denen er sich vortrefflich verstand.

Doch einmal, an einem Heiligabend, hatten sie ihn alle vergessen.

Keiner hatte daran gedacht, Hein Sonntag, der ja ganz allein in seiner Wohnung lebte, zu sich nach Hause einzuladen. Und als sie, einer nach dem andern, hinterher mit schlechtem Gewissen bei ihm aufkreuzten und jammerten: »Mensch, Hein, hättest man was gesagt!«

Da fragte Hein Sonntag: »Was denn?«

Und sie fragten: »Was hast du denn über Weihnachten so gemacht?«

Hein Sonntag antwortete: »Kinners, ich will euch mal was sagen. Ich hab' Weihnachten in der allerbesten Gesellschaft verbracht, die ich mir denken kann, nämlich – in meiner. Und, ehrlich, ich bin der Einzige, in dessen Gesellschaft ich mich in meinem ganzen Leben noch keine Sekunde gelangweilt habe.«

Da sind die anderen alle ein bisschen nachdenklich geworden.

Versöhnung

Ich möchte Ihnen eine Geschichte über eine Ehe erzählen, die so begann wie die meisten Ehen, nämlich im siebten Himmel.

Leider erwies sich dieser siebte Himmel im Laufe der Jahrzehnte als eine Hölle, wobei sich vor allem der Mann als ein Ekelpaket herausstellte, wie meine Großmutter zu sagen pflegte. Der Mann war egalweg am Schimpfen, und was die Frau auch tat, es war verkehrt.

In den ersten Höllenjahren hatte sich die Frau mit ihrer Geige getröstet. Sie spielte die Geige von Kind an, und sie spielte recht gut. Später allerdings verging ihr die Spielfreude. Sie mochte nicht mehr. Sie mochte überhaupt nichts mehr.

Eines Tages ging es wieder einmal heftig zu. Der Mann schnauzte. Die Frau schwieg. Er schnauzte noch mehr, und plötzlich fiel er um – und schwieg auch.

Die Frau erschrak über dieses plötzliche Ende der Schnauzerei, und weil ihr Mann, was ungewöhnlich war, wie tot in der guten Stube am Boden liegen blieb, rief sie den Notarzt, und der stellte einen Schlaganfall fest.

Es war ein schwerer Schlaganfall. Der Mann lag tagelang im Koma, und als er wieder zu sich kam, konnte er sich rechts nicht mehr rühren. Er konnte kein Wort reden. Er konnte nicht mehr lesen und nicht mehr schreiben.

Es stellte sich heraus, dass er zu einem Pflegefall geworden war.

Die Frau, die schon von einem gesunden Mann über Gebühr geplagt worden war, malte sich aus, wie unleidlich sich erst ein kranker Mann von diesem Kaliber benehmen würde. Sie veranlasste – ohne ihn zu fragen, was ja auch keinen Zweck gehabt hätte – dass er in einem Heim untergebracht wurde.

Dort musste er gymnastische Übungen machen. Eine Logopädin sorgte dafür, dass er sich wieder einigermaßen ausdrücken konnte. Die Frau besuchte ihn mehrmals in der Woche und – genoss die Ruhe in ihrem Haus.

Kein Schimpfen, kein Krach.

Und zum ersten Male in ihrem Leben beschloss sie, ganz allein eine Reise zu unternehmen.

Die Reise führte sie für ein paar Tage nach Dresden. Sie besuchte ein Konzert in der Semperoper. Aber mehr als ihr lieb war, dachte sie an ihren Mann, der einsam in seinem Pflegeheim lag.

Und als sie zurückgekehrt war, ging sie sofort zu ihm. Er hatte wieder Fortschritte gemacht, zeigte sich interessiert an ihrer Reise. Und als sie ihm erzählte, dass sie in der Semperoper gewesen sei, bat er sie, auch einmal mit ihm ein Konzert zu besuchen.

Noch nie in seinem Leben hatte er sich für Musik interessiert. »Weiberkram!«, hatte er früher immer gepoltert.

Die Frau besorgte Karten für ein Mozart-Konzert. Sie schob ihn, der auf einen Rollstuhl angewiesen war, in den Konzertsaal, und als sie ihn während des Konzerts einmal aus den Augenwinkeln heraus beobachtete, bemerkte sie, dass er weinte.

Nach dem Konzert brachte sie ihn zurück ins Heim, ging nach Hause und lag die ganze Nacht wach.

Kurz vor Weihnachten fragte er sie in seiner schleppenden Sprache: »Was ist mit Weihnachten? Wirst du verreisen?«

»Nein«, sagte sie. »Ich bleibe zu Hause!«

Am Heiligabend kam sie gegen Mittag ins Pflegeheim. Sie sagte: »Kommst du mit nach Hause?«

»Nach Hause?«, fragte er. Er war seit seiner Krankheit nicht mehr zu Hause gewesen.

»Ja«, sagte sie.

Sie fuhren mit einem Taxi nach Hause. Dort angekommen, schob sie ihren Mann mit dem Rollstuhl über einen kleinen Steg, den sie über die fünf Stufen, die ins Haus führten, hatte legen lassen. Sie schob ihn in die Wohnung und ins Wohnzimmer, wo sie einen Weihnachtsbaum aufgestellt hatte.

Es gab das übliche Heiligabendessen. Fondue. Und als sie gegessen hatten, holte die Frau ihre Geige und spielte Weihnachtslieder, die sie in den vergangenen Wochen geübt hatte. Sie spielte gut.

Nach einiger Zeit setzte sie die Geige ab und sagte: »In den vergangenen Wochen waren Handwerker hier. Sie haben das Haus behindertengerecht eingerichtet. Wenn du willst, kannst du hierbleiben.« Und sie fügte wie beiläufig hinzu: »Im Heim habe ich dich schon abgemeldet.«

Tante Elfe

Ich traf Dietrich beim Einkaufen im Supermarkt, und nachdem wir die üblichen Redensarten ausgetauscht hatten, sagte er, und dabei guckte er traurig: »In diesem Jahr werden wir ohne Tante Elfe Weihnachten feiern.«

Ich nickte und sagte: »Ja!« Ich kannte die Geschichte.

Sie aber werden diese Geschichte nicht kennen. Darum werde ich sie Ihnen erzählen.

Es war also so, dass Tante Elfe, eine im Grunde liebenswerte und quicklebendige alte Dame, Jahr für Jahr am Heiligabend bei Dietrich und seiner Familie zu Gast war.

Und Jahr für Jahr wiederholte es sich am Heiligabend, dass Tante Elfe ihren Neffen Dietrich, wenn er auf dem Fußboden hockte und Weihnachtsgeschenke auspackte, mit dem Zeigefinger auf seine kleine kahle Stelle am Hinterkopf tippte. Nur so. Nichts weiter.

Dietrich aber grämte sich sehr darüber.

Er hält die kahle Stelle aus einer gesunden Eitelkeit heraus nicht für eine kahle Stelle, sondern für einen ganz natürlichen Wirbel. Und er glaubte wohl zu Recht, dass Tante Elfe diese Ansicht nicht teilte, sondern den Wirbel für ein Stückchen Kahlkopf hielt.

Und Dietrichs Töchter ärgerten sich alljährlich am Heiligabend darüber, dass Tante Elfe immer ein wenig pikiert in der Weihnachtsstube saß, weil sie

meinte, die Mädchen wüssten die von ihr gemach-
ten Geschenke nicht zu würdigen.

»Ihr freut euch ja gar nicht«, sagte sie. »Das
kommt, weil ihr alles habt«, eine Bemerkung, die
wiederum Dietrichs Frau für überflüssig und sehr
ungerecht hielt.

Tante Elfe sagte: »Ich weiß wirklich nicht, was
ich euch noch schenken soll. Immer sagt ihr nur
danke, und das ist ja auch das mindeste. Und mehr
sagt ihr nicht.«

Dietrich musste reden und reden, damit die Stim-
mung wieder einigermaßen festlich wurde.

Und das Jahr für Jahr.

Die Mädchen verdrehten schon die Augen, wenn
es Dezember wurde. Sie sagten: »Ach, du Schreck,
bald ist Weihnachten. Tante Elfe kommt und sagt:
›Ihr freut euch ja gar nicht!‹ Aber wie sollen wir uns
denn freuen? Sollen wir vor Freude mit dem Kopf
an die Decke springen?«

Im vorigen Jahr packte Dietrich die Wut. Er rief:
»Nein, das sollt ihr nicht. Und ich habe auch keine
Lust mehr, immer in ein pikiertes Gesicht zu gucken. Tante Elfe wird in diesem Jahr nicht eingeladen. Wir sagen einfach, wir führen über Weihnachten nach Italien. Da sind wir sicher, dass sie uns
nicht begleiten wird, weil sie kein Italienisch spricht.
Und dann feiern wir endlich einmal gemütlich Weihnachten, und keiner ist da, der seinen Finger in
meinen Wirbel bohrt, Gott sei Dank!«

Die Sache wurde beschlossen. Vierzehn Tage vor
Weihnachten setzte Dietrich seine selbst gestrickte
Mütze auf den Wirbel und sagte: »Ich fahr' jetzt zu

Tante Elfe und teil' ihr mit, dass sie in diesem Jahr allein Weihnachten feiern muss.« Er wollte gehen.

Da riefen die Kinder: »He, Dietrich, was soll das? Du kannst doch Tante Elfe nicht ausladen. Die freut sich doch das ganze Jahr auf Weihnachten. Und auf uns. Ehrlich gesagt, Dietrich, wir können uns ein Weihnachtsfest ohne Tante Elfe gar nicht vorstellen. Unseretwegen soll sie auf deinen Wirbel tippen und ein bisschen beleidigt sein, weil wir uns nicht freuen, was wir in Wirklichkeit doch tun. Aber Weihnachten ohne Tante Elfe ist nicht Weihnachten.«

So kam es, dass Dietrich seine selbst gestrickte Mütze gleich aufbehielt, zu Tante Elfe fuhr und sie für Weihnachten einlud.

Tante Elfe sagte: »Natürlich komme ich! Das ist doch selbstverständlich.«

Und es wurde wie immer.

Tante Elfe tippte am Heiligabend auf Dietrichs Wirbel, um ihn – wie er vermutete – an die Vergänglichkeit auch der männlichen Schönheit zu erinnern. Sie war – wie üblich – ein bisschen pikiert, weil sich die Kinder nicht über ihre Geschenke freuten.

Es wurde ein ganz normaler Heiligabend.

Und vier Monate später war Tante Elfe tot.

Dietrich, seine Frau und die beiden Mädchen sehen diesmal in etwas banger Erwartung dem Fest entgegen. Weihnachten ohne Tante Elfe? Das können sie sich gar nicht vorstellen.

Und damit ist die Geschichte zu Ende.

Ich gebe zu, eine richtige Pointe hat sie nicht. Vielleicht fällt Ihnen selbst eine ein. Ich wollte die Sache nur zu bedenken geben.

Ist der Weihnachtsmann ein Deutscher?

Ist der Weihnachtsmann ein Deutscher?

Ich weiß nicht, ob sich diese Frage bereits im Jahre 1837 gestellt hat.

Damals jedenfalls pries August Heinrich Hoffmann von Fallersleben als erster deutscher Dichter den Weihnachtsmann als Freudenspender.

Hoffmann von Fallersleben schrieb: »Morgen kommt der Weihnachtsmann, kommt mit seinen Gaben ...«

Viele Jahre später dichtete er das Deutschlandlied, was aber nicht unbedingt etwas mit dem Weihnachtsmann zu tun hat.

Moritz von Schwind stellte im Jahre 1847 den Weihnachtsmann in einer Bildfolge vor. Er nannte ihn »Herr Winter«, nicht »Väterchen Frost«.

Herr Winter ging als alter und bärtiger Mann am Heiligabend durch die verschneiten Gassen und klopfte an alle Türen. Sie sollten ihm geöffnet werden, denn er wollte einen geschmückten Christbaum als Geschenk geben.

Ob sich Moritz von Schwind den Weihnachtsmann als einen Deutschen vorgestellt hat, ist nicht überliefert, jedenfalls weiß ich es nicht. Immerhin war Moritz von Schwind ein Bayer. Es könnte also sein, dass er sich den Weihnachtsmann als einen Bayern vorgestellt hat, was ja auch nicht von der Hand zu weisen ist.

Doch die Antwort scheint gefunden.

Ich habe dieser Tage in meinem Zettelkasten eine Nachricht entdeckt, die vor ein paar Jahren in der Zeitung stand. Sie hat jedoch nichts von ihrer Aktualität eingebüßt. Außerdem brachte sie mich bei meinen Recherchen nach der Nationalität des Weihnachtsmannes einen riesigen Schritt weiter.

Aus dieser Nachricht geht hervor, dass der Weihnachtsmann am Heiligabend auf der Bundesstraße 286 bei Gerolzhofen im Landkreis Schweinfurt – der nebenbei bemerkt in Franken liegt, nicht in Bayern – mit 143 Stundenkilometern in eine Radarfalle gerast sei.

Warum ich mir diese Nachricht aufgehoben habe, weiß ich nicht mehr. Es kann sein, dass ich mich bei dem Namen Gerolzhofen angenehm berührt fühlte, weil ich mich einmal in Gerolzhofen an einem wunderschönen Sommertag im Freibad gesonnt habe. Anschließend besuchte ich im benachbarten Volkach eine gemütliche Weinstube, wo ich einen unvergesslichen Silvaner getrunken habe.

Was aber schließe ich heute aus dieser Nachricht?

Der Weihnachtsmann hatte es eilig. Der Weihnachtsmann kann Verkehrsschilder nicht lesen. Besonders aber die nicht, auf denen Verkehrsgeschwindigkeiten angezeigt werden.

Der Weihnachtsmann muss ein Deutscher sein!

Weihnachtsessen

Jedes Jahr wieder stellt sich die Frage, was es Heiligabend zu essen gibt. Das ist bei uns in der Familie längst entschieden.

Heiligabend gibt es Fondue. Das ist in Wirklichkeit aber nur eine Weiterentwicklung von Kartoffelsalat und Würstchen.

Früher gab es immer Kartoffelsalat und Würstchen.

Der Kartoffelsalat verwandelte sich im Laufe der Zeit zu allerlei Soßen. Da braucht man nicht so viel zu kauen. Die Würstchen entwickelten sich zurück in ihren Urzustand als Rind- und Schweinefleisch, was auch feiner ist, weil man bei Würstchen nie genau weiß, was alles drin ist.

Also, Heiligabend ist klar.

Außerdem hält man sich beim Fondue sowieso zurück, weil es auch noch Nüsse zu knacken, Feigen, Datteln, Marzipankartoffeln und Schokoladenweihnachtsmänner zu essen und Punsch zu trinken gibt. Zwischendurch werden Weihnachtslieder gesungen, jedenfalls sollten sie gesungen werden. Doch mit vollem Munde singt man nicht. Schon mit Rücksicht auf die anderen, die einem gegenübersitzen.

Was aber essen wir an den beiden Weihnachtsfeiertagen?

Wir hatten an Ente gedacht.

Gans sei zu viel, sagt meine Frau. Sie meint, ich müsse mich Weihnachten auch nicht immer so voll stopfen.

Doch eine Ente ist ein bisschen wenig. Das gibt sogar meine Frau zu.

Herr Hogeback, der ein Fachmann ist, sagt, wir sollten doch vielleicht eine männliche Ente und eine weibliche Ente nehmen. An der männlichen Ente ist ziemlich viel dran, an der weiblichen ziemlich wenig. »Wie das so ist«, sagt Herr Hogeback und zieht ein Gesicht, als könne er nichts dafür. Außerdem, meint er, ist eine weibliche Ente billiger.

Herr König, der ebenfalls ein Fachmann ist und sich in das Gespräch einschaltet, sagt, irgendwie sei das bescheuert, denn die männliche Ente hat eine längere Garzeit als die weibliche Ente.

»Wenn die beiden zusammen im Backofen liegen ...«, sagt Herr König und mag das gar nicht zu Ende denken. »So ist das nun mal«, sagt er.

Meine Frau greift das sofort auf und meint, ihr sei das völlig klar. »Männer werden eben später gar als Frauen, und manchmal«, fügt sie hinzu, »werden Männer überhaupt nicht gar.«

Dennoch haben wir uns zwei männliche Enten für die Weihnachtsfeiertage zurücklegen lassen, weil ich auch Angst hatte, dass ich die weibliche Ente zu fassen kriege und nicht richtig satt werde. Denn meine Frau hat schon gesagt, bei so viel Ente werde sie weniger Rotkohl kochen.

Aber dann fällt mir doch noch das Allerwichtigste ein.

»Was gibt es Weihnachten eigentlich für Pudding?«, frage ich.

Und obwohl es bei uns seit über dreißig Jahren in jedem Jahr zu Weihnachten Vanillepudding mit

Erdbeeren aus der Dose gibt, sagt meine Frau: »Weißt du, es gibt in diesem Jahr so viel zu essen, da brauchst du nicht auch noch Vanillepudding mit Erdbeeren aus der Dose.«

Unter diesen Umständen habe ich überhaupt keine Lust mehr auf Weihnachten.

Karpfen

In weiten Teilen des Nordens unseres Vaterlandes ist es unüblich, am Heiligabend Karpfen zu essen.

»Da liegt kein Segen drin«, sagte ich zu meiner Frau, als sie mich kurz vor Weihnachten des Jahres 1958 mit der Nachricht überraschte, dass sie für Heiligabend einen Karpfen bestellt hatte.

»Ach«, sagte sie, »du mit deinem Segen – und alles nur, weil du früher am Heiligabend immer Kartoffelsalat und Würstchen gegessen hast und meinst, das müsse nun so weitergehen. Kartoffelsalat und Würstchen!«, rief sie und raufte sich die Haare.

»Über Kartoffelsalat und Würstchen am Heiligabend kommt nichts!«, sagte ich. »Außerdem«, fügte ich hinzu, »hat meine Oma immer gesagt, Karpfen müsse man Silvester essen. Weißt du«, sagte ich, »wenn man von dem Silvesterkarpfen eine Schuppe abnimmt und sie in die Geldbörse steckt, dann ist das eine Garantie dafür, dass man im kommenden Jahr stets Geld in der Tasche haben wird.«

»Silvester«, sagte meine Frau, »hat es bei uns zu Hause immer Kartoffelsalat und Würstchen gegeben, und dabei wollen wir es auch belassen. Karpfen am Heiligabend ist etwas Besonderes. Meine Oma in Süddeutschland hat auch am Heiligabend Karpfen gegessen. Und nun lass' mich endlich zufrieden mit deinem Karpfen.«

»Wieso mein Karpfen?«, rief ich. »Es ist dein Karpfen!«

Meine Frau meinte: »Es ist unser Karpfen!«

So kam es, dass sie am Heiligabend den Karpfen vom Fischhändler holte. Aber als sie ihn zu Hause in den Topf legen wollte, stellte sie fest, dass wir gar keinen geeigneten Topf für die Zubereitung eines Karpfens hatten. Wissen Sie, wir waren jung verheiratet, da denkt man natürlich nicht an Karpfen.

»Ich geh' mal zu Frau Schulz«, sagte sie und verschwand.

Sie kehrte nach zwei Stunden zurück.

Wir wohnten damals in einem siebenstöckigen Haus, und meine Frau berichtete, dass Frau Schulz auch keinen Topf für die Zubereitung eines Karpfens hatte. Sie hätte ihr aber viele Neuigkeiten über den Mitbewohner im Parterre erzählt.

Westermanns hatten auch keinen für die Zubereitung eines Karpfens geeigneten Topf. Krosinskys brauchten ihren für die Gans. Aber bei Lottermanns im siebten Stock wurde sie fündig. Lottermanns hatten sogar zwei für Karpfen geeignete Töpfe, so dass sich meine Frau einen Topf aussuchen durfte.

Danach ging es mit der Zubereitung des Karpfens los. Und während sie am Wirtschaften war, fiel ihr ein, dass sie die dringend notwendige Sahne vergessen hatte.

Ob es saure oder süße Sahne war, das weiß ich heute nicht mehr. Es handelte sich jedenfalls um Sahne.

Meine Frau sagte: »Lauf mal los und hol' welche. Aber beeile dich. Die Läden schließen in zehn Minuten.«

Ich also los, um die Sahne zu kaufen.

Ich bekam auch eine Flasche mit Sahne und trug sie nach Hause. Meine Frau öffnete die Flasche und stellte fest, dass es die verkehrte war.

Also, wie gesagt, es war entweder saure Sahne, und sie benötigte süße Sahne. Oder es war süße Sahne, und sie hatte mit saurer Sahne gerechnet.

Sie sagte zu mir, ich sei ein Dussel.

Das wiederum regte mich derart auf, dass ich die Flasche mit der Sahne noch einmal in die Hand nahm und sie mit einen kräftigen und ärgerlichen Schwung auf den Küchentisch stellte. Und da war die Sahne nur noch zu einem geringen Teil in der Flasche. Das meiste hing oben an der Decke.

Meine Frau war so verdattert, dass sie gar keine Worte fand, um dieses Phänomen zu kommentieren.

Es stellte sich dann aber heraus, dass wir die Sahne, ob süß oder sauer, sowieso nicht benötigt hätten, weil sich der Karpfen, nachdem ihn meine Frau feierlich auf den Tisch gestellt hatte, als ungenießbar erwies.

Meine Frau sagte, schuld sei ich, wegen der Sahne.

Aber ich meine, mich erinnern zu können, dass der Karpfen gar nicht gar war.

Wir haben uns im Verlaufe des Abends unter unserem kleinen Tannenbaum darauf geeinigt, dass der verdammte Topf von Frau Lottermann aus dem siebten Stock für die Zubereitung von Karpfen überhaupt nicht geeignet war.

Weihnachtsteller

Wenn ich einige Jahrzehnte zurückdenke, dann steht der 26. Dezember als ein sehr trauriger Tag vor meinem geistigen Auge.

Oder sagen wir's mal so: Er begann sehr traurig – nämlich mit einem Blick auf meinen bunten Weihnachtsteller. Den hatte ich mir am Abend zuvor ans Bett gestellt, weil ich dringend einen süßen Ausgleich zu dem mich zu Tränen rührenden Geschehen in Winnetou Band 3 benötigte.

Der bunte Weihnachtsteller bot am Morgen des zweiten Weihnachtstages ein erschütterndes Bild. Wenn es hochkam, lag noch ein einziger schrumpeliger Apfel darauf. Mehr nicht.

Der Teller hatte, zugegeben, schon am Abend vorher keinen besonders üppigen Eindruck gemacht. Es hatten nur noch ein paar kümmerliche Marzipankartoffeln darauf gelegen und ein leider, wie üblich, hohler Schokoladenweihnachtsmann.

Den hatte ich dummerweise zu jenem Zeitpunkt gegessen, als es schon ziemlich spät war und ich mit der Taschenlampe unter der Bettdecke lag. Auf diese Weise der mütterlichen Kontrolle entzogen, konnte ich nämlich das Kapitel in Ruhe zu Ende lesen. Aber weil ein hohler Schokoladenweihnachtsmann, wenn man nur ungeschickt genug in ihn hineinbeißt, zu krümeln anfängt, war am zweiten Weihnachtstag meine Bettwäsche versaut. Das erfuhr ich allerdings erst, als das daraus resultierende Donnerwetter über mich hereinbrach.

Aber der Tag stand ohnehin unter einem unglücklichen Stern, eben weil der bunte Weihnachtsteller leer war und ich nicht die geringste Chance sah, ihn wieder aufzufüllen. Denn mein Bruder, der eine mir völlig unerklärliche Neigung hatte, seine Süßigkeiten zu schonen, bewachte seinen bunten Teller wie einen Haufen Juwelen.

Wenn es mir wirklich einmal gelang, ihn für einen winzigen Augenblick abzulenken und schnell eine Schokoladenkugel von seinem Teller zu stiebitzen, entdeckte er den Raub binnen Sekunden und schlug Lärm, was bedeutete, dass ich erneut Ärger bekam.

Ich sollte mich schämen, hieß es, meinem kleinen Bruder die Schokolade zu stehlen.

Dabei habe ich das nie als Diebstahl empfunden, sondern eher als ausgleichende Gerechtigkeit. Immerhin war mein Teller leer. Sein Teller war voll. Unsere Freude hatten wir bis dahin beide gehabt. Ich an dem süßen Geschmack. Er an dem gefüllten Teller.

Es schien mir nur allzu normal, dass wir, nachdem ich kein Vergnügen mehr hatte, sein noch vorhandenes Vergnügen brüderlich teilten. Doch für solche Überlegungen hatte niemand in meiner Familie auch nur das geringste Verständnis.

So hat sich mit den Jahren und Jahrzehnten in mir eine unstillbare Gier entwickelt. Die beginnt immer zu blühen, wenn ich weiß, dass Süßigkeiten zu Hause sind. Und erst wenn ich den allerletzten Schokoladenkrümel verschlungen habe, kehrt schlagartig auch meine innere Ruhe zurück.

Solche Eigenschaften können zu häuslichen Konflikten führen, vor allem dann, wenn man, wie ich, eine Frau hat, die sich gelegentlich Süßes beiseite legt, um es für den Notfall zur Hand zu haben.

Und wenn dann aber so ein Notfall eintritt, greift meine Frau in das Versteck und – die Süßigkeiten sind verschwunden.

Sie können sich vielleicht vorstellen, dass dieses stets eine Unterhaltung nach sich zieht, in der ich ganz schlecht abschneide.

Und alles nur, weil ich als Kind nicht genug Süßigkeiten auf dem bunten Weihnachtsteller gehabt habe.

Enthaltsamkeit

In diesem Jahr hatte sich meine liebe Frau ganz fest vorgenommen, dass ich über Weihnachten enthaltsam leben sollte.

Sie sagte: »Du bist nun in einem Alter, in dem du nicht mehr so viel vertragen kannst. Guck mal«, sagte sie, »alle deine Hemden spannen vorn am Bauch, so dass man deinen Bauchnabel sehen kann. Ich finde«, fügte sie hinzu, »das ist kein sehenswerter Anblick. Du bist schließlich kein junges Mädchen.«

Unter diesen Umständen blieb mir gar nichts anderes übrig, als mir fest vorzunehmen, über Weihnachten wenig zu essen.

Bis zum Morgen des 24. Dezember ging ja auch alles gut.

Aber schon beim Schmücken des Weihnachtsbaumes fielen mir immerzu Schokoladenweihnachtssterne und bunte Kringel auf den Fußboden.

Sie glauben ja gar nicht, wie empfindlich Schokoladenweihnachtssterne und bunte Kringel sind. Sie halten einen Sturz in die Tiefe nur in den seltensten Fällen aus.

Die meisten Sterne und Kringel jedenfalls waren danach als Weihnachtsbaumschmuck nicht mehr zu gebrauchen. Und wegschmeißen kann man die ja auch nicht gleich, bloß weil die ein bisschen kaputt sind. Deshalb habe ich mich geopfert und sie mir in den Mund gestopft.

Nach dem Schmücken des Weihnachtsbaumes forderte mich meine Frau auf, ich möge doch ein-

mal den gerade fertig gewordenen Kartoffelsalat probieren.

Meine Frau sagt immer: »Heiligabend mit Kartoffelsalat, der nicht schmeckt, ist kein Heiligabend.«

Sie merken schon, nicht wahr, bei uns gibt es
Heiligabend immer Kartoffelsalat mit Bremer Ge-
kochter.

Beim Probieren konnte ich zunächst nicht genau herausschmecken, ob genug Mayonnaise im
Kartoffelsalat war. Als ich endlich herausgefunden
hatte, dass es etwas mehr Mayonnaise sein könnte,
hatte ich bereits ein gutes halbes Pfund Kartoffelsalat gegessen. Meine Frau fiel aus allen Wolken,
als sie den ihr zunächst unerklärlichen Schwund
bemerkte. Sie musste noch ein paar Kartoffeln nach-
kochen.

Soweit wäre ja noch alles in Ordnung gewesen,
wenn es nachmittags zum Kaffee keinen Klaben
gegeben hätte. Es gab aber Klaben.

Infolgedessen war ich eigentlich schon satt, als
gegen Abend der Kartoffelsalat und die Bremer
Gekochte aufgetischt wurden, was aber ja keine Ent-
schuldigung ist. Bei uns gilt noch die Regel: Was auf
den Tisch kommt, muss gegessen werden.

Hinterher, nach der Bescherung, blinzelte mich
der bunte Teller unter dem Weihnachtsbaum an. Und
wenn ich erst mal anfange davon zu essen, dann
kann ich nicht wieder aufhören.

Sehen Sie, es dauerte denn auch nicht lange, da
hatten wir den ersten Weihnachtstag.

Und am ersten Weihnachtstag gibt es Gans, wie
es sich gehört.

Sie werden sich vorstellen können, dass ein solcher Gänsebraten eingerahmt werden muss von einem ausgiebigen Frühstück und einem klabenreichen Nachmittagskaffee. Die Folge ist, dass sich der Magen dehnt, und abends hat man schon wieder Hunger.

Ich will Ihnen jetzt aber die kulinarischen Höhepunkte des zweiten Weihnachtstages lieber ersparen.

Am zweiten Weihnachtstag sind wir traditionell bei Uschi und Paul eingeladen. Und wer die kennt, der weiß, dass man nach einem Besuch bei ihnen seine Hosen weiter machen lassen muss.

Aber, ehrlich gesagt, das mit den Hosen reichte bei mir dies Jahr leider nicht.

Am Tag nach Weihnachten werde ich das Oberhemd umtauschen müssen, das mir meine Frau zu Weihnachten geschenkt hat – extra zwei Nummern größer.

Es spannt vorn am Bauch.

Der zweite Weihnachtstag
ist deprimierend

Benny sitzt auf seinem Schaukelpferd und schaukelt. Er schaukelt mit einer Ausdauer und mit einer Geschwindigkeit, dass einem schon vom Zugucken ganz schlecht werden kann.

Lenchen gibt ihrer Puppe etwas zu trinken. Die Puppe macht daraufhin Pipi in die Hose. Sie muss trockengelegt werden und bekommt wieder etwas zu trinken. Ein ewiger Kreislauf, wie im richtigen Leben.

Im nächsten Jahr wird sich Lenchen eine Puppe zu Weihnachten wünschen, die noch mehr kann als nur Pipi machen. Vielleicht kann sie auf einem Computer schreiben.

Opa sitzt vor seinem leeren Weihnachtsteller und denkt über die Vergänglichkeit des Irdischen nach, wozu auch Marzipanbrote gehören, die er für sein Leben gern isst.

Er besaß drei Marzipanbrote. Jetzt hat er keines mehr. Alle aufgegessen. Und heute ist der zweite Weihnachtstag.

Es ist der Tag des heiligen Stephanus, der sich wegen seiner großen Beredsamkeit, mit der er die zeremoniellen Äußerlichkeiten des Judentums anprangerte, beim Volk unbeliebt machte. Er wurde trotz einer meisterlichen Verteidigungsrede von einer erbitterten Menge gesteinigt.

Der heilige Stephanus war der erste Märtyrer der christlichen Kirche.

Wir lernen daraus, dass alle schönen Reden sinnlos sind, wenn sie vor Leuten gehalten werden, die zu bösen Taten entschlossen sind.

So gesehen ist der zweite Weihnachtstag ein deprimierender Tag.

Wenn der heilige Stephanus seine Gegner mit seiner Wortgewalt in die Flucht geschlagen oder, ohne sie zu überzeugen, erreicht hätte, ihn am Leben zu lassen ... gut, er wäre heute auch schon tot. Doch mit seiner vergeblichen Beredsamkeit zeigt er uns zu allem Überfluss die Grenzen des gesprochenen Wortes. Vom geschriebenen Wort ganz zu schweigen.

Benny schaukelt und schaukelt. Lenchens Puppe macht Pipi. Die drei Marzipanbrote befinden sich in Opas Magen.

Am Nachmittag kommt die Verwandtschaft und sagt spitz: »Was ist denn mit eurem Baum los? Der nadelt ja schon.«

Der zweite Weihnachtstag nervt! Bestenfalls ist er langweilig.

Man wünscht sich, dass er wenigstens ein normaler Sonntag wäre. Dann könnte man vom Tisch aufstehen und sagen: »Ich muss mal eben zur Tankstelle – die Sonntagszeitung besorgen!«

Gleich neben der Tankstelle aber liegt eine kleine Kneipe. In dieser Kneipe sitzt Karl und wartet.

Aber am zweiten Weihnachtstag erscheinen normalerweise keine Sonntagszeitungen, und was Karl ist, der kommt von zu Hause auch nicht weg!

Die zwölf Rauhnächte

Am 21. Dezember, wenn ich Sie mal eben daran erinnern darf, beginnen die zwölf Rauhnächte, und damit halten die Winterdämonen bei uns ihren Einzug.

Das sind, wie Sie sich denken können, Dämonen, mit denen nicht gut Kirschen essen ist.

Wenn wir uns an den Glauben unserer Vorväter halten wollen, dann dürfen wir - um die Dämonen nicht zu erzürnen - in den folgenden zwölf Tagen keine Wäsche waschen und keine Wäsche aufhängen. Letzteres schon gar nicht, weil sich nämlich die Dämonen in den Wäscheleinen verheddern können. Dämonen sind nämlich manchmal etwas schusselig.

Wir dürfen aber auch nicht backen und überhaupt gar nichts tun, was mit drehenden Bewegungen verbunden ist. Genau genommen dürften wir nicht einmal Däumchen drehen.

Das Problem ist nur, wie wir die Gebote der bösen Geister mit unseren noch keineswegs abgeschlossenen Weihnachtsvorbereitungen auf einen Nenner bringen.

Oder liegt bei Ihnen das gute Hemd für Weihnachten schon frisch gewaschen und gebügelt im Schrank?

Sind Ihre Kuchen gebacken. Auch der Butterkuchen? Ist der Kaffee gemahlen?

Steht das Auto mit seinen vier Rädern für die nächsten zwölf Tage fest in der Garage?

Natürlich nicht!

Aber, sehen Sie, der Mensch ist in der Not erfinderisch.

Er möchte sich die Weihnachtsfreude nicht nehmen lassen, will aber auch auf den uralten Aberglauben nicht verzichten – zumal er auch ein bisschen daran glaubt. Man weiß ja nie!

Infolgedessen ignoriert der Mensch seit Generationen den 21. Dezember als Beginn der zwölf Rauhnächte. Er lässt die Dämonen drei Tage später kommen. Am Heiligabend.

Wie Sie allerdings mit ihren Silvester- und Neujahrsvorbereitungen fertig werden, und wie Sie mit Ihrem Auto zurechtkommen, ohne dass sich die Räder des Autos drehen – das ist Ihr Problem.

Die Rose von Jericho

In früheren Zeiten war es ganz einfach. Da hatte man entweder einen Pilger in der Familie oder einen Schiffer. Die reisten ins Morgenland und brachten als Souvenir eine Rose von Jericho mit nach Haus.

Ich habe zwar auch einen Pilger in der Familie. Aber der pilgert nicht ins Morgenland, sondern der wandert egalweg auf dem Jakobsweg nach Santiago de Compostela – und das auch nicht etwa, um dort für sein Seelenheil zu beten, sondern aus sportlichen Gründen. Als er das erste Mal auf dem Jakobsweg wanderte, lernte er eine Pilgerin kennen, die er am Ende auch geheiratet hat. Und die wohnt in der Nähe von Santiago de Compostela. Und er nun auch.

Die Rose von Jericho wächst bedauerlicherweise nicht in Santiago de Compostela. Sie wächst in den Gärten der palästinensischen Oasenstadt Jericho.

Es ist die tiefstgelegene Stadt der Welt. Und was nun die Rose von Jericho betrifft, so hat ihre Blüte die Eigenschaft, sich wie eine Kugel zusammenzuziehen, wenn sie vertrocknet. Sobald sie aber ins Wasser gelegt wird, beginnt sie wieder sich auszubreiten.

Warum ich Ihnen das erzähle?

Ganz einfach. In der Rose von Jericho sollen geheimnisvolle Kräfte schlummern. Nämlich, wenn man die Rose in den Zwölf Nächten zwischen Weihnachten und dem 6. Januar ins Wasser legt, und sie geht auseinander, dann soll sie den Menschen einen Blick in die Zukunft gewähren.

Sie werden verstehen, dass ich ganz scharf darauf bin, einen Blick in die Zukunft zu werfen.

Ich lese regelmäßig mein Horoskop, wobei mir aber Bedenken kommen hinsichtlich der Informationen. Dass ich, zum Beispiel, im März meine Wohnung wechseln werde und dass mein Liebesleben Anfang April einen, wenn auch flatterhaften, neuen Aufschwung nehmen wird.

Ich stelle mir vor, dass – wenn dieses Horoskop stimmt – sämtliche Menschen, die in meinem Sternzeichen geboren worden sind, im März ihre Wohnung wechseln und Anfang April einen Aufschwung ihres Liebeslebens erfahren werden, vermutlich in einem neuen oder in einem fremden Schlafzimmer.

Was wird das für ein Gepacke und Gerenne geben! Und dann die vielen Ränder unter zahllosen Augen.

Die Rose von Jericho aber könnte ich für mich allein haben. Ich brauchte sie mit keinem anderen Menschen zu teilen. Ich könnte sie ins Wasser legen, zuschauen, wie sie sich entfaltet, und schon läge die Zukunft wie ein aufgeschlagenes Buch vor mir.

Aber was nützt mir ein aufgeschlagenes Buch mit arabischen Schriftzeichen. Ich kann Arabisch nicht lesen. Und wenn ich es mir übersetzen lasse, dann weiß ich immer noch nicht, was ich tun muss, um an die Zukunftsdeutungen zu glauben.

Träume und Hühnerställe
geben Auskunft

Die Sache ist ganz einfach! Wenn nämlich ein junges Mädchen in den Nächten zwischen Weihnachten und dem 6. Januar an einen Hühnerstall klopft, und der Hahn beginnt zu krähen, wohlgemerkt mitten in der Nacht, dann wird das junge Mädchen demnächst heiraten oder – Ärger mit den Nachbarn bekommen, falls sich der Hühnerstall in der Stadt befindet.

Gackert aber nur ein Huhn, bekommt das Mädchen keinen Ärger mit den Nachbarn, muss aber mindestens noch ein Jahr bis zur Hochzeit warten.

Nun haben wir, wie Sie wissen, in der Stadt kaum noch Hühnerställe, so dass junge Mädchen auf andere Mittel angewiesen sind, um in ihre Zukunft zu blicken.

Da gibt es zum Beispiel Braunkohl!

Braunkohl gibt zwar keine Auskunft über einen Heiratstermin. Er kann aber unter Umständen dafür sorgen, dass es beschleunigt zu einem solchen Termin kommt.

Im Braunkohl, das wussten schon die alten Römer, verbirgt sich nämlich eine Fruchtbarkeit spendende Kraft. Man muss allerdings den Kohl bis zum Christabend geerntet haben – und zwar nicht auf dem eigenen Feld. Der Braunkohl wirkt nur, wenn er gestohlen ist.

Zuverlässige Auskünfte über das, was in den nächsten zwölf Monaten passieren wird, geben uns auch die Träume, die wir in den Zwölf Nächten träumen werden.

Angenommen, Sie hören im Traum die Engel singen, was ja in der Weihnachtszeit durchaus möglich sein könnte, dann werden Sie heitere Lebenstage vor sich haben, wie es im 8. und 9. Buch Mose geschrieben steht.

Dieses Buch, das in den Jahren nach dem Zweiten Weltkrieg von einem Braunschweiger Gericht wegen Volksverdummung verboten wurde, enthält, wie Sie vielleicht wissen, das Geheimnis aller Geheimnisse – und dazu gehört nämlich auch die Blumensprache.

Wenn zum Beispiel eine junge Dame einen jungen Herrn gern leiden mag, dann sollte sie ihm eine Zitrone zeigen, die in diesem Falle zu den Blumen gehört. Das Zeigen einer Zitrone bedeutet: Mir läuft das Wasser im Munde zusammen, wenn ich dich sehe.

Aber die jungen Damen sollten darauf achten, dass ihnen die Zitrone nicht aus den Händen fällt. Denn eine Zitrone rollt, wenn man sie fallen lässt, durch die Gegend, und Rollen ist in der Zeit bis zum 6. Januar verboten, damit man hinterher nicht ins Unglück stürzt.

Und schon manche junge Dame, die einem jungen Herrn eine Zitrone gezeigt hat, kam sich – nachdem das Experiment gelungen war – vor, als habe sie in eine Zitrone gebissen.

Sie sehen daran, wie kompliziert es sein kann, die Rauhnächte zu überstehen, ohne Schaden zu nehmen.

Ich möchte Ihnen in diesem Zusammenhang nur noch sagen: Essen Sie um Himmels willen keine Erbsensuppe. Essen Sie auch keine Linsensuppe.

Wer in der Zeit von Weihnachten bis zum 6. Januar Hülsenfrüchte isst, der kriegt Pickel im Gesicht. Und ein Mädchen, das mit Pickeln von Hülsenfrüchten im Gesicht umherläuft, kriegt keinen Mann.

Da nützt dann auch der Braunkohl nichts.

Ein Jahr

Silvestermorgen. Gleich nach dem Frühstück. Da findet man vielleicht Gelegenheit, ein bisschen in dem fast abgelaufenen Taschenkalender zu blättern.

Er ist im Grunde genommen gar nichts mehr wert. Das bisschen altes Jahr, das übrig geblieben ist, kann man sich auch ohne Taschenkalender merken.

Außerdem sieht er abgegriffen aus, verschlissen, ist kein Prunkstück mehr. Seine Seiten sind beschrieben mit Terminen, mit Anmerkungen, mit hingekritzelten Gedächtnisstützen.

Die Termine sind längst eingehalten worden oder auch nicht. Die Anmerkungen sind erledigt. Die Gedächtnisstützen haben ihre Schuldigkeit getan.

Also, weg mit dem Kalender.

Und dann blättert man doch.

Ein Jahr zieht noch einmal vorüber. Tag für Tag.

Es sind Kritzeleien dabei, die sicherlich einmal wichtig waren, mit denen man heute gar nichts mehr anzufangen weiß.

Und dann kommt man an einen hundsmiserablen Tag und freut sich, dass der schon lange vorüber ist und – vergessen.

Aber es sind auch erfreuliche Tage dabei, und man wundert sich, wie schnell die Zeit vergangen ist.

Selbst wenn man hier und dort ein wenig verweilt – es vergehen doch keine zehn Minuten, da hat man den Kalender Seite für Seite umgeblättert

– den alten Taschenkalender, mit allem, was darinnen steht.

Keine zehn Minuten – und es war doch ein ganzes Jahr.

Jahresrückblick

Jahresrückblicke sind dazu da, dass sich der Rückblicker auf die Schulter klopft und den anderen mitteilt, was er im abgelaufenen Jahr für ein liebenswerter und erfolgreicher Mensch gewesen ist.

Das gilt nicht nur für Politiker. Das gilt auch für mich. Denn ich muss Ihnen das einfach mal sagen: Im jetzt zu Ende gehenden Jahr bin ich alles in allem ein feiner Kerl gewesen, der sich redlich bemüht hat, seine kleine Ecke auf der Bank des Lebens zu behaupten und nicht hinunterzurutschen, weil sich die anderen so breit machten.

»Na ja«, sagt meine liebe Frau, »dass du ein feiner Kerl bist, das wissen wir ja, wenngleich ...«.

Also, was sie in Erinnerung behalten hat, das hat nichts mit einem feinen Kerl zu tun, sondern eher mit ... Sie schluckt ihre Worte hinunter und fragt: »Kannst du mir zum Beispiel verraten, warum der Staubsauger kaputt ist, nachdem du unlängst den Papierfilter ausgewechselt hast?«

»Das weiß ich auch nicht«, sage ich. »Ich hatte mit einem Male viele Einzelteile in der Hand. Ich habe nie gewusst, dass ein Staubsauger aus so vielen Einzelteilen besteht, von denen man nicht weiß, wohin sie gehören.«

Doch meine Frau ist noch nicht zu Ende. »Unser Radiowecker funktioniert auch nicht mehr, nachdem du versucht hast, die Winterzeit einzustellen.«

»Du brauchst nur zweieinhalb Stunden minus sieben Minuten zur angegebenen Zeit hinzuzuzählen, dann hast du die richtige Zeit«, sage ich.

»Aber das begreift der Wecker nicht«, meint meine Frau, »und überhaupt«, sagt sie, »ist es schrecklich, mit dem Fahrrad hinter dir herzufahren. Du bremst immer so plötzlich, wenn kein Mensch damit rechnet!«

Wissen Sie was? Lassen Sie das sein mit dem Jahresrückblick! Es kommt nichts Gutes dabei heraus.

Bevor es 12 schlägt

Es besteht wirklich nicht der geringste Anlass, mich für das Musterexemplar eines gelungenen Menschen zu halten.

Wenn ich meiner Frau Glauben schenken darf, so bin ich überhaupt zu gar nichts nütze, ein Steh-im-Weg, der nicht im Traum daran denkt, einmal ein Geschirrtuch in die Hand zu nehmen, ein dem Schönen abholder Banause, der zum Beispiel angesichts eines wundervollen Blumenstraußes für die gute Stube die unbegreifliche Frage stellt: »Was hat der denn gekostet?«

Jeder wird volles Verständnis dafür haben, dass ich unter meiner Unzulänglichkeit zutiefst leide. Nichts wünsche ich mir sehnlicher als eine Frau, die aus vollem Herzen sagen kann: »Ich habe den besten Mann der Welt!«

Und welch ein Glück muss es sein, bei Nachbarn und Freunden in allerhöchstem Ansehen zu stehen, das in dem Ausruf gipfelt: »Seht doch nur diesen Mann! An dem wollen wir uns ein Beispiel nehmen!«

Ich möchte jeden Tag ein nützlicher Mensch sein, ein guter Mann, ein netter Kerl, immer hilfsbereit, immer freundlich, immer pünktlich, immer ordentlich – und um sich das alles so recht von Herzen vorzunehmen, dafür ist der 31. Dezember da.

Denn man soll den Silvesterabend nicht nur in Verbindung bringen mit Pappnasen, explodierenden Zigaretten, Senfpralinen und Knallbonbons.

Ein verantwortungsbewusster Mensch reserviert sich am Silvesterabend ein halbes Stündchen für sich selbst und zieht die Bilanz der vergangenen 364 Tage.

Ich bin ja keine Aktiengesellschaft und daher auch nicht verpflichtet, allen Leuten lang und breit auf die Nase zu binden, wie viel Aktiva und Passiva sich im Verlaufe eines Jahres bei mir so ansammeln.

Ich spüle den Kummer über mich selbst sofort hinunter. Damit ist er weg. Anschließend trinke ich darauf, dass ich mich im nächsten Jahr ganz bestimmt nicht wieder mit faulen Ausreden vorm Geschirrspülen drücken, dass ich künftig nicht mehr laut niesen werde und dass ich nie wieder Ochse zu einem Autofahrer sagen werde, nur weil dieser Ochse die Verkehrsregeln nicht kennt.

Es ist ein erhabenes Gefühl, wenn man sich am Silvesterabend bei einer Flasche Wein von einem Ekelpaket, von einem Nichtsnutz und Toren in einen edlen Menschen verwandelt.

Wenn es 12 schlägt, teile ich meiner lieben Frau bei Glockengeläut und Sekt feierlich mit: »Liebling, jetzt wird alles besser! Du sollst dich nie wieder über mich ärgern. Alle Welt soll staunen, was du für einen klugen, umsichtigen, liebevollen Mann hast. Man wird dich um mich beneiden!«

Und meine liebe Frau lächelt daraufhin und meint: »Du hättest vielleicht doch nicht so viel trinken sollen.«

Feuerwerk

Ich muss Ihnen mal etwas gestehen. Ich habe bis heute nicht einen einzigen Cent (oder früher Pfennig) für Feuerwerkskörper ausgegeben.

Vielleicht hängt das damit zusammen, dass mein Bedarf an Knallerei in den Jahren 1939 bis 1945 ein für allemal gedeckt worden ist.

Vielleicht sehe ich aber auch nicht ein, dass ich Geld für ein Spektakel ausgeben soll, das mir von meinen Nachbarn sowieso und ganz umsonst vorgeführt wird.

Denn es wird in jeder Silvesternacht feuerwerkeln, wo immer man sich auch befindet. Und das, obwohl verständige Leute meinen, man solle doch nicht all das schöne Geld in die Luft schießen, sondern ein bisschen abzweigen für den Kampf gegen all die Not in der Welt.

Aber wir dürfen wohl davon ausgehen, dass es die Beschaffenheit des Menschen nicht zulässt, auf vernünftige Appelle verständig zu reagieren. Selbst strenge Verbote haben ja nicht das Geringste in dieser Angelegenheit bewirkt.

Schon im Jahre 1715 beklagte sich ein »Wohl-Edler hochweiser Rath der Stadt Bremen« höchst missfällig, dass bei »verschiedenen Bürgern und Einwohnern die schädliche und fast unanständige Gewohnheit eingerissen« sei, den einbrechenden Neujahrstag mit Schießereien zu feiern.

Und da wir gerade in Bremen sind, so rückte der Bremer Rat gegen diesen Neujahrsunfug, wie er es nannte, mit einer Verordnung zu Felde, die mittels Trommelschlages bekannt gemacht wurde.

In dieser Verordnung hieß es, dass alles Schießen verboten sei sowie das Werfen und Legen von angezündeten Schwärmern und so genannten Mordschlägen.

Verstöße sollten mit hartem Gefängnis im Zwinger bei Wasser und Brot bestraft werden.

Und was taten die Bremer?

Sie knallten weiter. Das hatten sie sicherlich gemein mit anderen Städtern.

Sie knallten aus Freude am Feuerwerk. Aber auch aus Angst.

Denn im Grunde ist es ja so, dass der Mensch alljährlich in der Silvesternacht mit blitzenden, gleissenden, sprühenden, donnernden und zischenden Feuerwerkskörpern die bösen Geister vertreiben will – in der durch nichts begründeten Hoffnung, dass es ihm auch gelingt.

Offen gestanden, bis jetzt hat es noch nie jemand geschafft.

Schon die alten Chinesen haben sich vergeblich bemüht. Und in Europa kamen die bösen Geister erst richtig in Gang, nachdem der Franziskanermönch Berthold Schwarz so um 1330 das Schießpulver und damit die Grundlage für jedes ordentliche Feuerwerk erfunden hatte.

Der Mensch mag also in der Silvesternacht noch so viele Knaller in die Luft jagen, die bösen Geister kriegt er nicht weg. Er verbrennt sich allenfalls die Finger.

Wenn Sie aber Ihre Freude an einem Feuerwerk haben, so will ich Ihnen die nicht verderben. Ich möchte Sie aber boshafterweise an das Wort eines Italieners aus dem 16. Jahrhundert erinnern. Der war ein Baumeister und hat gesagt: »Ein Feuerwerk ist etwas sehr Schönes. Doch es kostet viel Geld und ist zu nichts nütze. Außerdem dauert ein Feuerwerk nicht viel länger als der Kuss einer Geliebten.«

Und wenn sich mir nun die Frage stellte, was ich lieber hätte, ehrlich gesagt, dann hätte ich lieber den Kuss. Aber diese Frage stellt sich mir nicht.

Es stellt sich für mich nur die Frage, ob ich einen Bordeaux aus dem Keller holen sollte oder einen fränkischen Spätburgunder.

Danach aber passiert Folgendes: Mir werden um viertel vor zwölf die Augen zufallen, und ich werde zu meiner Frau sagen: »Weißt du was? Ich bin todmüde. Ich gehe ins Bett.« Und meine Frau hat auch schon ganz kleine Augen und sagt: »Ich komme mit!«

Nun wissen Sie, warum es für mich sowieso keinen Zweck hat, Feuerwerkskörper zu kaufen.

Gute Tage

»Nichts ist schwerer zu ertragen als eine Reihe von guten Tagen«, pflegte meine Großmutter zu sagen, wenn sich die Zeit um Weihnachten und Neujahr ihrem Ende zuneigte.

Ich blicke zurück in jene Zeit, als meine Großmutter noch lebte - sie starb kurz vor dem Wirtschaftswunder, und ich staune, dass meine Großmutter so schwer an den guten Tagen zu tragen hatte. Denn so gut waren die aus heutiger Sicht nun wirklich nicht, und die weniger guten Tage, die dem Weihnachts- und Neujahrsfest folgten, waren jedenfalls hundsmiserabel.

Da musste man wieder mit Lebensmittelmarken rechnen und Schiebewurst essen.

Eine kleine und dünne Scheibe Mettwurst wurde an den Rand einer Scheibe Brot ohne Butter gelegt, und dann wurde immer haarscharf an der Wurst entlanggegessen. Man spürte den Wurstgeschmack, aber man hatte nichts zwischen den Zähnen - jedenfalls keine Wurst. Erst mit dem letzten Bissen war auch das Schicksal der Wurst besiegelt.

Das Viertelpfund Bohnenkaffee war über Weihnachten verbraucht worden. Schokolade hatte es sowieso nicht gegeben. Und die Familie freute sich über eine Flasche Fischöl, die sie beim Fischer Henry Klopp gegen eine Packung Ami-Zigaretten getauscht hatte.

Damit bot sich die Möglichkeit, über Silvester Schmalzkuchen zu backen, die penetrant nach Fisch-

öl schmeckten. Aber es waren jedenfalls Schmalzkuchen!

Das alles ist lange her. Heute bin ich, wenn auch
keine Großmutter, immerhin ein Großvater. Ich trage Jeans – auch über die Festtage, weil ich sowieso
meinen Sonntagsanzug am liebsten im Schrank hängen habe.

Am Heiligabend gibt es Fondue, am ersten Weihnachtstag – nach einem üppigen Frühstück – wird
mittags eine Gans aufgetragen. Dazu hole ich einen
guten fränkischen Rotwein aus dem Keller. Und der
zweiten Weihnachtstag ist dann auch nicht von Pap-
pe.

Zwischendurch beiße ich einem großen Schokoladenweihnachtsmann den Kopf ab, esse Klaben und
Aachener Printen.

Und Silvester und Neujahr geht alles wieder von
vorn los – essen, trinken, essen.

Heute aber sitze ich in der Küche auf meinem
etwas unbequemen Stuhl, schneide mir ein Stück
Schwarzbrot ab, streiche Leberwurst darauf und freue
mich über die bescheidene Mahlzeit, freue mich aber
auch auf meine Schreibmaschine, die schon unge-
duldig im Arbeitszimmer wartet.

Und während ich kaue, sage ich zu meiner Frau:
»Nichts ist schwerer zu ertragen als eine Reihe von
guten Tagen.«

Hermann Gutmann in der EDITION TEMMEN:

Bremer Bräuche
ISBN 3-86108-156-3   7.90 €

Bremer Geschichte(n)
ISBN 3-86108-158-X   8.90 €

Bremer Freimarkt
ISBN 3-86108-170-9   8.90 €

Bremerhavener Erinnerungen
ISBN 3-86108-166-0   8.90 €

Bremerhavener Geschichte(n)
ISBN 3-86108-157-1   7.90 €

Ehe-Geschichten
ISBN 3-86108-152-0   8.90 €

Ehegeschichten. Das Hörbuch.
Kassette, 62 Minuten.
ISBN 3-86108-162-8   9.90 €

Felix, seine liebe Frau Moritz und ...
ISBN 3-86108-167-9   8.90 €

Felix und die alltäglichen Dinge
ISBN 3-86108-150-4   9.90 €

Geschichten aus dem Radio
ISBN 3-86108-159-8   9.90 €

Geschichten aus dem Schnoor
ISBN 3-86108-161-X   8.90 €

Hat's geschmeckt
ISBN 3-86108-153-9   8.90 €

Kohl- und Pinkelgeschichten
ISBN 3-86108-175-X   9.90 €

Mit vollem Munde spricht man nicht
ISBN 3-86108-151-2   8.90 €

Opa-Pflichten
ISBN 3-86108-155-5   8.90 €

Paß' auf, daß du dich nicht bekleckerst
ISBN 3-86108-160-1   8.90 €

Roland mit de spitzen Knee
ISBN 3-86108-154-7   8.90 €

Roland und seine Brüder
ISBN 3-86108-173-3   9.90 €

Sagen und Geschichten aus Bremen
ISBN 3-86108-163-6   8.90 €

Sagen und Geschichten aus Bremen-Nord
ISBN 3-86108-164-4   8.90 €

Schmunzelgeschichten
ISBN 3-86108-165-2   8.90 €

Seemannsgeschichten
ISBN 3-86108-172-5   9.90 €

Wenn Ostern und Pfingsten auf einen Tag fallen
ISBN 3-86108-171-7   8.90 €

Worpsweder Geschichte(n)
ISBN 3-86108-169-5   9.90 €

Zum Jubiläum

Das Große Hermann Gutmann Buch –
seine besten Geschichten in einem Band.
240 Seiten, mit zahlreichen farbigen
Illustrationen von Peter Fischer.
Limitierte Auflage!

**Das ideale Geschenk für alle
Liebhaber des »Bremer Kishon«**

ISBN 3-86108-174-1
24.90 €

Weitere Titel in Vorbereitung:
Oma-Pflichten